다섯 작가가 풀어낸
다섯 가지 짜장면 이야기

짜장면

짜장면

초판 1쇄 인쇄 | 2021년 6월 2일
초판 1쇄 발행 | 2021년 6월 8일

지은이 | 정명섭·은상·조동신·강지영·장아미
펴낸이 | 박영욱
펴낸곳 | 북오션

편 집 | 권기우
마케팅 | 최석진
디자인 | 서정희 · 민영선
SNS마케팅 | 박현빈 · 박가빈

주 소 | 서울시 마포구 월드컵로 14길 62
이메일 | bookocean@naver.com
네이버포스트 | post.naver.com/bookocean
페이스북 | facebook.com/bookocean.book
인스타그램 | instagram.com/bookocean777
전 화 | 편집문의: 02-325-9172 영업문의: 02-322-6709
팩 스 | 02-3143-3964

출판신고번호 | 제 2007-000197호

ISBN 978-89-6799-589-8 (03810)

다섯 작가가 풀어낸 다섯 가지 짜장면 이야기

짜장면

정명섭·은상·조동신·강지영·장아미

Bookocean

차 례

공화춘 살인사건

정명섭

옛 청국조계지의 패루를 지나 인천역으로 향하던 홍주원 변호사는 까까머리를 한 중국인 꼬마아이에게 붙잡혔다. 꾀죄죄한 치파오를 입은 아이는 가파른 언덕을 뛰어 내려와서는 그의 소매를 붙잡았다. 황금정 2정목(黃金町 2丁目: 현재의 을지로2가)에 있는 토이기(土耳其: 터키) 사람이 하는 양복점에서 맞춘 귀한 세비로(背広: 일본어로 양복이라는 뜻)가 구겨지자 홍주원 변호사는 살짝 인상을 찡그렸다.

경성의 부유한 집안에서 태어난 그는 중앙고등보통학교를 졸업하고 경성대학 예과 2학년을 마친 후에 일본 게이오 대학으로 유학을 가서 법학을 전공했다. 귀국 후에는 변호사 시험에 합격했다. 몇 명 안 되는 조선인 변호사라는 타이틀은 적지 않은 돈을 안겨줬다. 그는 변호사 일을 하면서 번 돈으로 값비싼 양복과 장신구를 샀다. 양복 안에 받쳐 입은 조끼 주머니에는 쓰지도 않는 외눈 안경인 모노클과 회중시계가 꽂혀 있었다. 조선변호사협회 이사장이자 독립 운동가들을 위해 무료변론을 자주하는 가인 김병로와 같은 사무실을 사용했다. 하지만 독립운동이나 조선인들의 인권에는 별다른 관심을 보이지 않았다. 모던 보이인 그는 변론을 하고 남는 시간은 식도락을 즐기는 데 사용했다. 그래서 인천부청사에 서류를 접수하러 가야할 때 사무실 직원 대신 직접 가겠다고 한 것도 바로 공화춘 때문이었다. 특히 좋아한 것은 공화춘의 자랑이라고 할 수 있는 짜장면이었다. 기름기 넘치는 그 맛은 말로 설명할 수 없는 그 맛은 옷에 소스가 튈 위험을 무릅 쓸 가치가 있었다.

산동지방의 작장면에서 유래된 짜장면은 화교 상인들이 인천에 자리를 잡으면서 함께 들어온 음식이다. 처음에는 노동자인 쿨리들이 간단하게 먹을 수 있게 길거리에서 좌판을 펼쳐놓고 팔았다. 그러다가 중화루 같은 중식 찬관, 청요리집들이 등장하면서 짜장면이 만들어졌다. 수타로 만든 면에 기름에 볶은 갈색 면장이 올려진 짜장면은 이루 말할 수 없을 정도로 맛있었다. 그래서 인천부청사에 서류를 접수하기 전에 공화춘에 들러서 짜장면을 먹기 위해 청국과 왜국 조계지를 구분하는 계단을 지나 높은 언덕을 올라가는 수고를 한 것이다. 물론 돌아갈 때는 인력거가 잡히지 않아서 산책도 할 겸 조계지 계단을 지나 청관을 가로질러 가고 있었다. 그런 홍주원 변호사에게 중국인 꼬마 아이가 서툰 조선말을 했다.

"고, 공화춘에서 오래요."

"거기서 왜?"

"사, 사람이 죽었어요."

꼬마 아이는 답답한지 중국어를 떠들어댔다. 홍주원 변호사는 구겨진 세비로의 소매를 펴면서 물었다.

"사람이 죽었다고? 공화춘에서?"

꼬마 아이는 고개를 끄덕거리면서 빨리 오라는 손짓을 했다. 그 뒤로 그늘보다 더 높이 치솟은 것 같은 옛 청국 조계지의 언덕이 보였다. 12월의 추운 날씨를 뽐내기라도 하는 것처럼 군데군데 녹지 않은 눈이 쌓였고, 처마에는 고드름이 줄줄이 매달렸다. 어제, 경성에서는 기독교인들을 중심으로 예수가 탄생한 성탄절이라면서 대대적인 축하행사를 열었던 것과는 달리 청관은 고요했다. 입고 있던 프록코트의 옷깃을 추스른 그가 중얼거렸다.

"살인이라."

홍주원은 일본 유학 시절부터 셜록 홈즈가 등장하는 정탐소설을 접했다. 단숨에 매료된 홍주원은 자신이 직접 쓴 정탐소설을 출판사에 투고할 정도로 빠져들었다. 조선에 돌아와서 변호사로 일하면서도 틈틈이 정탐소설을 썼다. 별세계 잡지사에 근무하는 선배 류경호 기자를 도와 사건 해결에 나서기도 했다. 잘하면 잡지에 기고할 정탐소설의 소재를 찾을 수 있다는 생각에 쌀쌀한 날씨와 높은 언덕을 올라갈 용기를 냈다. 스틱을 고쳐 잡은 홍주원 변호사가 중얼거렸다.

"중국인 마굴에서 일어난 의문의 연쇄살인 사건이라, 제목치고는 너무 길군."

그 사이, 까까머리 중국인 아이가 어서 오라고 손짓을 하며 앞장서서 언덕을 올랐다. 가파른 청국 조계지의 양쪽으로는 한문이 적힌 간판들이 빼곡하게 걸려 있었다. 검정색 벽돌과 붉은색으로 칠해진 기둥이 눈에 띄는 2층 주택들이었는데 1층은 상가로 사용 중이었고, 2층은 살림집이었다. 널찍한 2층의 발코니에는 빨래들이 걸려 있었다. 다행히 공화춘은 옛 청국 조계지의 중턱에 있어서 언덕을 끝까지 올라가지 않아도 되었다. 한말 개항기 때 청국 조계지였던 이곳은 지나정을 거쳐 미생정이라는 지명이 붙었다. 하지만 많은 사람이 청국 조계지나 청관이라고 불렀다.

거주민들의 대부분 역시 중국에서 건너온 화교들이었다. 포구에서 물건을 나르는 쿨리부터 음식점, 양복점, 이발소는 물론 중국에서 채표(採票: 복권)까지 들여와서 파는 장사수완을 발휘했다. 덕분에 신문에는 설렁탕 파는 가게보다 화교들이 운영하는 호떡집이 더 많다면서 걱정하는 기사들이 실렸다. 빈민들을 중심으로 중국인들이 조선인 여성들을 납치해서 아편으로 중독시킨다는 소문도 퍼져나갔다. 물론 홍주원 변호사는 믿지 않았지만 청관을 지나갈 때마다 느끼는 정체를 알 수 없는 냄새와 분위기는 딱히 좋아하지 않았다.

이런 저런 생각을 하면서 걷던 홍주원 변호사는 어느덧 공화춘 앞에 도달했다. 약간 경사진 언덕에 세워진 공화춘은 2층으로 되어 있었고, 사방이 벽이라 마치 성채나 감옥 같았다. 회색 벽돌로 쌓아올린 벽채 중간 중간에 창문이 자리 잡았다. 그를 안내한 아이가 안으로 뛰어 들어갔다. 공화춘은 1913년, 식당과 숙소를 겸하던 산동회관에서 이름을 바꾼 중식 찬관이었다. 몇 년 전 청나라를 무너뜨린 신해혁명을 축하하기 위해서 이름을 바꾼 것이다. 공화춘이라는 한문이 적힌 간판을 올려다보던 홍주원 변호사가 중얼거렸다.

"공화국의 봄이 왔다는 뜻이라고 했지? 조선의 봄은 언제 오려나?"

이름을 바꾼 공화춘은 몇 년 후, 지금의 위치로 옮겨서 십 년 넘게 영업을 하는 중이었는데 짜장면을 비롯해서 파는 음식들이 하나같이 맛있었다. 그래서 가끔 인천부 청사에 일이 있으면 들러서 식사를 하곤 했다. 오늘도 아침에 일찌감치 들러서 식사를 했는데 뜬금없이 살인사건이 벌어진 것이다.

"괴이한 일이야."

고개를 절레절레 저으며 현판을 올려다보는데 입구에서 공화춘의 지배인 우희광이 나왔다. 쌀쌀한 날씨 때문인지 연신 두 손을 비비면서 나왔는데 숨을 쉴 때마다 입김이 연기처럼 뿜어져 나왔다. 40대 후반이라는 나이답게 백발에 잔주름이 많은 얼굴이다.

"오셨군요. 홍 변호사님."

"얘기를 듣긴 했는데 무슨 말입니까? 살인이라니요?"

홍주원 변호사의 물음에 주변을 살핀 우희광이 다급하게 팔을 잡았다.

"안에 들어가서 말씀하시지요."

우희광에게 이끌려 안으로 들어간 홍주원 변호사는 코를 찌르는 기름 냄새에 잠시 얼굴을 찌푸렸다. 약간 경사진 언덕에 자리 잡은 공화춘은 동원과 서원이라고 부르는 두 채의 2층 건물이 나란히 붙어 있는 형태였다. 동원과 서원 역시 가운데 계단과 기둥을 두고 두 채가 붙어 있는 형태라서 배루라고 불렀다. 남북 방향으로도 회랑처럼 이어져 있어서 사실상 한 건물처럼 보였다. 위층과 아래층의 구조는 거의 비슷했는데 중앙의 계단으로 올라가는 2층은 기둥 사이로 작은 방들이 있어서 조용히 식사를 즐길 수 있었다. 남북으로는 큰 홀들이 자리 잡았는데 화교들은 그걸 루방이라고 불렀다. 홍주원 변호사는 보통 가게 되면 2층 구석의 조용한 방에서 식사를 했다. 공화춘 입구의 붉은색으로 칠해진 기둥 사이로 홍주원 변호사를 데려간 우희광이 낮은 목소리로 말했다.

"사람이 죽긴 죽었는데 어떻게 죽었는지 모르겠습니다."

"모르다니요? 그냥 밥을 먹다 죽었다는 얘깁니까?"

홍주원 변호사의 물음에 우희광이 울상을 지었다.

"저도 영문을 모르겠습니다. 가뜩이나 장사도 안 되는 판국에 이게 무슨 일인지 모르겠습니다."

"현장은 어딥니까?"

"시신을 직접 보시게요?"

값비싼 손수건을 꺼내서 펼친 홍주원 변호사가 기겁을 한 우희광에게 대답했다.

"일본 유학 시절에 의대에서 시신 해부할 때 여러 번 참관했었습니다. 경성에서 변호사로 일할 때도 몇 번 봤고요. 모든 증거는 현장에 남아 있어서 꼭 봐야 합니다."

손수건으로 입과 코를 가리는 시늉을 한 홍주원 변호사에게 우희광이 손사래를 쳤다.

"아니, 꼭 보실 필요는 없습니다."

"그럼, 절 왜 부른 겁니까?"

"신고해야 하는지 안 해야 하는지 여쭤보려고요."

"뭐라고요? 사람이 죽었는데 왜 신고를 안 한다는 겁니까?"

홍주원 변호사가 미심쩍은 눈으로 바라보자 우희광이 천정을 올려다보면서 한숨을 쉬었다.

"죽은 사람이 쿨리라서요."

"중국인이라는 말씀이십니까?"

"네, 오늘 오전에 항구로 들어왔습니다. 여기서 점심을 먹고 일터로 흩어지기로 했는데 그중 한 명이 갑자기 짜장면을 먹다가 죽었지 뭡니까?"

우희광의 잔뜩 찌푸린 얼굴로 2층 천정을 올려다봤다.

"아무리 그래도 경찰에 신고를 하셔야죠."

"그러려고 했는데 쿨리들이 결사반대를 하지 뭡니까?"

얘기를 들은 홍주원 변호사는 어이가 없어졌다.

"아니, 동료가 죽었는데도요?"

"동료가 아니라 그냥 같은 배 타고 들어온 정도죠. 일본 경찰들이 와서 조사하면 자기들이 추방당할까봐 그런 모양입니다."

우희광의 얘기를 들은 홍주원 변호사는 어느 정도 수긍이 갔다. 사실, 일본인도 조선인만큼이나 화교들을 싫어했다. 조선과 대한제국 시절에 일본과 치열하게 주도권 다툼을 하고 상권경쟁까지 했던 기억이 남아 있기 때문이다. 청일전쟁에서 승리하고는 아예 청관을 폐쇄시키려고 시도했다가 실패한 적도 있었다. 이후에도 다양한 방식으로 화교들을 규제하고 있는 중이었다. 따라서 꼬투리를 잡히지 않기 위해서 동료의 죽음조차 묻어야 한다는 쿨리들의 말도 충분히 이해가 갔다. 아마 형편에 비해 많은 뱃삯을 주었을 것이고, 이곳에서 돈을 벌어가지 못하면 고향의 가족들은 굶어죽을 게 뻔했기 때문이다. 우희광이 생각에 잠긴 모습을 하고 있는 홍주원 변호사에서 슬쩍 말을 건넸다.

"변호사님도 아시다시피 이곳은 동가와 서가들이 제법 많습니다."

"알고 있습니다."

"최근 이곳이 장사가 잘되니까 숟가락을 얹고 싶어 하는 사람이 한둘이 아닙니다. 다른 요릿집들이 생기면서 경쟁도 치열해진 상태고 말입니다. 아마 이곳에서 사람이 죽었다는 사실이 알려지면 영업에 타격이 있는 건 둘째치고 동가와 서가의 계약문제도 불거질 겁니다."

중국인들은 사업을 할 때 주로 같은 고향 사람들끼리 모여서 공동출자 방식으로 자금을 모았다. 돈을 내는 쪽을 동가 혹은 동고라고 불렀다. 돈 대신 노동력을 제공하는 쪽을 서가 혹은 서고라고 불렀다. 동가는 돈을 출자하되 경영에는 간섭할 수 없게 되어 있었다. 짧은 시간에 많은 돈을 모을 수 있었지만 주주들끼리의 암투를 불러일으키는 요인이 되기도 했다. 서가이자 지배인인 우희광 역시 이번 쿨리 살인사건이 자신에게 어떤 영향을 끼칠지 열심히 고민하는 중일 것이다.

16

"그러니까 나를 부른 건 이게 문제가 될지 안 될지 법적으로 확인해 달라는 것이었군요."

"맞습니다. 멀쩡한 사람이 갑자기 급사를 하는 경우도 종종 있지 않습니까? 만약 그런 상황인 것만 확인해 주시면 나머지는 저희가 처리하겠습니다."

"왜 죽었는지는 관심이 없으시군요."

"고향 사람도 아니고 그냥 쿨리일 따름인데요."

겸연쩍어하는 우희광의 모습을 보면서 홍주원 변호사는 고개를 절레절레 저었다.

"복잡하군."

그러니까 조용히 넘어가기를 원하는 쿨리들과 우희광 지배인 사이에 죽음이 끼여 있었던 것이다. 절대로 살해된 것이 아니라 그냥 갑자기 죽은 것이 되어야만 했다. 일이 생각보다 복잡해질 수 있다는 생각에 홍주원 변호사의 얼굴이 살짝 굳어졌다. 잘못 엮이면 변호사 자격이 취소될 수도 있었기 때문이다. 편안하게 살면서 맛있는 것을 먹는 게 인생 최고의 목표였던 그에게는 마땅찮은 일이었다. 하지만 곧 생각을 고쳐먹었다. 만약 이번 일이 일본 경찰에게 알려지면 공화춘 역시 영업 정지 처분을 받고 문을 닫을 수 있기 때문이다. 그러면 맛있는 짜장면을 먹는 즐거움도 사라질 수 있다는 생각에 홍주원 변호사는 마음을 굳혔다.

"그렇게 놔둘 수는 없지."

앞장서라는 말에 우희광 지배인이 재차 물었다.

"꼭 보셔야 합니까?"

"대충 넘어가려고 했다가 일이 더 커질 수 있습니다. 만약 공화춘을 싫어하는 쪽에서 일본 경찰에 찌르면 어떡하려고요?"

그러면 무슨 일이 벌어질지 상상을 했는지 우희광의 얼굴이 파랗게 질렸다. 앞장서라는 손짓에 얼른 동원의 2층으로 올라가는 계단을 밟고 올라갔다. 좁고 가파른 나무 계단을 밟고 2층으로 올라가자 병정처럼 줄지어 선 붉은 색 기둥이 그를 맞이했다. 기둥 사이에는 칸막이 같은 것을 둬서 손님들이 조용히 식사를 할 수 있게 만들었다. 2층에 올라와서 주변을 돌아본 홍주원 변호사는 한 가지 이상한 점을 느꼈다.

"손님이 하나도 없군요."

"우리가 아무리 장사에 눈이 멀어도 시신을 놔두고 손님을 받을 수는 없으니까요. 물이 샌다는 핑계를 대고 문을 닫았습니다. 하지만 길어봤자 오늘 저녁까지입니다."

땅이 꺼져라 한숨을 쉰 우희광이 남쪽 루방쪽으로 향했다. 두 채의 건물이 붙어 있는 형태의 동원과 서원은 폭이 넓은 반면, 남쪽과 북쪽의 루방은 상대적으로 폭이 좁았다. 하지만 칸막이들이 없어서 더 넓어 보였다. 채광 때문인지 크고 작은 창들이 촘촘하게 자리 잡고 있어서 희미한 겨울 햇살을 빨아들이는 중이었다. 테이블과 의자들은 한쪽 구석으로 밀어놓고 텅 비워진 가운데에 스무 명이 넘는 쿨리들이 마치 죄인처럼 앉아 있었다. 한겨울임에도 불구하고 얇은 창파오를 걸친 게 전부였다. 홍주원 변호사 역시 대다수의 조선인처럼 중국인들을 싫어했다. 냄새나고 불결한데다가 야금야금 조선인의 일터와 돈을 빼앗아간다고 생각했기 때문이다. 하지만 이들을 보니 불쌍한 생각이 들었다. 돈을 벌 꿈에 부풀어서 조선으로 건너왔다가 동료가 갑자기 죽어버리면서 위급한 상황에 빠진 것이다. 일본 경찰이 이 사실을 안다면 쿨리들을 모두 추방해버리고 손을 털어버릴 게 분명했다. 공화춘의 일꾼들이 몽둥이를 하나씩 들고 양쪽 입구를 지키고 있는 와중이라 도망치지 못하는 것 같았다. 쭈그리고 앉은 그들을 보던 홍주원 변호사가 우희광에게 물었다.

"시신은요?"

"꼭 보셔야 합니까?"

"가장 좋은 건 범인을 찾아내고 나머지는 입단속을 시킨 후에 풀어주는 거 아닙니까?"

"그, 그렇죠."

떨떠름한 표정으로 대답하는 우희광에게 홍주원 변호사가 말했다.

"모든 답은 현장에 있으니까요."

서원으로 이어지는 통로를 앞장서서 걸어간 우희광이 네 번째 방 앞에서 멈췄다.

"여깁니다."

문짝이 부서진 채 옆의 벽에 기대어져 있었다. 홍주원 변호사가 부서진 문짝을 말없이 바라보자 우희광이 얘기했다.

"문이 안에서 잠겨 있어서 쿨리들이 부쉈답니다."

"그럴 수가 있습니까?"

"문고리를 걸면 닫을 수는 있습니다. 물론 문이 약해서 걸어차거나 뜯어낼 수 있지만요."

"그러니까 시신이 있던 방은 밖에서는 들어갈 수가 없었군요."

"부순 흔적은 없었습니다."

"혹시 거짓말을 하는 건 아닙니까?"

홍주원 변호사의 물음에 우희광이 고개를 저었다.

문을 부수려고 할 때 우리 종업원들도 올라와서 합세했습니다. 쿨리들이 거짓말을 한 건 아닙니다."

"문이 안에서 잠긴 방에서 살인이 벌어졌단 말이군요."

"갑자기 죽은 거지 살인은 아닙니다."

생각만 해도 끔찍한지 우희광이 고개를 절레절레 저었다. 그러면서 덧붙였다.

"혹시 몰라서 시신은 건드리지 않았습니다."

"잘하셨습니다."

아까 꺼냈던 손수건으로 코와 입을 가린 홍주원 변호사가 조심스럽게 안으로 들어갔다. 방 안의 풍경이 보였다. 가운데에는 공화춘뿐만 아니라 다른 중식 찬관에서 많이 쓰이는 붉은색 천이 덮인 원탁이 보였다. 원탁에는 젓가락이 놓여 있었고, 그 옆에는 반쯤 먹다 남은 짜장면 그릇이 보였다. 죽은 쿨리는 벽에 등을 기댄 채 바닥에 앉아 있어서 문에서는 보이지 않았다. 옆으로 돌아가서 시신을 본 홍주원 변호사는 혀를 찼다.

"짜장면을 먹다 죽었군요."

"조선 사람들이 가끔 짜장면을 먹고 둘이 먹다 하나가 죽어도 모르는 맛이라고 하던데 그게 진짜가 될 줄은 몰랐습니다, 변호사님."

울상이 된 우희광의 얘기를 들으며 홍주원 변호사는 조심스럽게 시신 쪽으로 다가갔다. 겨울임에도 불구하고 동료들처럼 얇은 창파오만 걸친 시신의 소매와 바짓자락 밖으로 검고 앙상한 팔다리가 보였다. 옆으로 기울어진 얼굴 역시 깡마르고 주름투성이였다. 눈은 감았지만 살짝 입을 벌린 상태였다. 입가에는 짜장면 소스가 반쯤 마른 채 묻어 있었다. 시신을 살펴보던 홍주원 변호사가 문가에 서 있던 우희광에게 물었다.

"사망 시각은 대략 언제쯤입니까?"

"어, 그러니까 배에서 내린 쿨리들이 점심을 먹는다고 들어온 게 대략 정오가 좀 지난 다음이었습니다. 홍예문 위에 있는 소방감시탑에서 사이렌 소리가 나는 걸 들었거든요."

"그리고 바로 이곳으로 올라왔습니까?"

"원래는 루방에 모여서 먹도록 하는데 마침 바닥을 고치는 중이라 몇 명씩 나눠서 방에 들어가서 식사를 하라고 했습니다."

"올라와서는 이곳 서원에서 식사를 한 게 맞습니까?"

"네, 아까 지나친 첫 번째 방에서부터 여기 네 번째 방까지 썼습니다."

"23명이니까 대략 한 방에 5~6명씩 들어갔군요."

"맞습니다. 그리고 방마다 짜장면들이 들어갔습니다. 혹시 도망치는 사람이 있을까봐 종업원보고 숫자를 세어 놓으라고 했습니다. 네 번째 방을 제외하고는 모두 여섯 명이었습니다."

"당시 2층에는 쿨리 일행 외에 누가 있었습니까?"

"손님은 없었고, 음식을 가져다 준 종업원들도 1층으로 내려와 있던 상태였습니다. 북쪽 담장이 허물어져서 고치는 작업을 해야 했거든요."

"그럼 이 사람이 죽었을 때 이곳에는 같은 일행들밖에 없었다는 말씀이시군요."

22

"그렇습니다."

우희광의 얘기를 통해 당시 상황을 머리에 정리한 홍주원 변호사가 다시 질문을 던졌다.

"이 방에는 누가 있었습니까?"

"다섯 명 같이 식사를 했습니다."

"총 다섯 명이 있었고, 그중 한 명이 죽었군요."

"맞습니다."

우희광의 대답을 들은 홍주원 변호사는 방안을 살폈다. 비록 널빤지로 만들긴 했지만 기둥 사이에 벽이 둘러져 있고, 복도 쪽도 마찬가지였다. 사방의 벽은 기둥의 서까래까지 연결되어 있어서 꽤 높은 편이었다. 폭도 좁은 편이라서 사람이 타 넘는 건 불가능했다. 바깥에 창문이 있긴 했지만 2층이라 사다리 같은 게 없으면 올라올 엄두를 내지 못했다. 홍주원 변호사가 창문을 바라보자 우희광이 말했다.

"큰길 쪽이라서 창문으로 드나들려고 하면 바로 눈에 띄었을 겁니다. 사다리 같은 것도 없었고 말이죠."

"밖에서 몰래 안으로 들어올 수 있는 방법이 있습니까?"

홍주원 변호사의 물음에 잠시 고민에 빠졌던 그가 고개를 저었다.

"1층은 모르겠는데 2층은 어려울 겁니다."

"왜 그렇습니까?"

"동원과 서원으로 올라가려면 중간에 있는 계단을 통하는 수밖에는 없습니다. 그런데 동원 쪽은 아래에 주방이 있어서 낯선 사람이 드나들면 바로 눈에 띕니다. 서원 쪽은 손님이 있어서 종업원들이 계속 왔다 갔다 했습니다. 수상한 사람은 없었고, 위층의 쿨리들도 내려오지 않았답니다."

"살인이 벌어질 당시 이곳에는 죽은 쿨리의 일행밖에는 없었다는 뜻입니까?"

홍주원 변호사의 질문에 우희광이 고개를 끄덕거렸다.

"그런 셈이죠."

"그럼 이곳은 거의 밀실이었다는 얘기군요."

"밀실이 뭡니까?"

"아무도 들어올 수 없는 닫혀 있는 방이라는 뜻입니다. 이 사람이 죽은 이곳이 바로 밀실인 셈이죠."

"혼자 있는 방에서 죽었는데 살해당했다고 할 수 있습니까?"

"외상이 없긴 한데 일단 살펴봐야죠."

홍주원 변호사의 말에 우희광이 고개를 끄덕거렸다.

"잘 좀 봐주십시오."

"식사를 하고 있었을 때 2층에는 누가 있었습니까?"

"일행들밖에는 없었습니다."

"점심인데 손님이 없었다는 말입니까?"

홍주원 변호사의 물음에 우희광이 고개를 끄덕거렸다.

"요즘 불경기가 길어지면서 손님들 발길이 뚝 끊어졌습니다. 근처에 다른 요릿집들도 많이 생겼고 말입니다. 1층에 몇 명이 있긴 했지만 2층에는 이들뿐이었습니다."

우희광의 설명을 듣던 홍주원 변호사는 다시 시신 쪽으로 다가갔다. 바닥에 주저앉은 채 벽에 기대 있던 그의 몸에는 특별한 외상 같은 게 보이지 않았다. 처음에 생각나는 것은 독에 의한 죽음, 바로 독살이었다. 그러면서 자연스럽게 공화춘의 지배인 우희광에게 향했다. 떨떠름하게 바라보고 있던 그가 물었다.

"왜 그러십니까?"

"외부에 상처가 없어서 독살을 의심했습니다."

"우리 소행이라는 말씀이십니까?"

정색한 우희광의 물음에 홍주원 변호사가 피식 웃었다.

"그랬다면 저를 불렀을 리가 없었겠죠."

우희광이 한시름 놓은 표정을 지었다. 시신을 살펴보던 홍주원 변호사가 물었다.

"이 사람이 죽었을 당시 같은 방에 있던 사람은 뭐라고 합니까?"

"아무도 없었습니다."

"뭐라고요?"

홍주원 변호사가 못 믿겠다는 표정으로 묻자 우희광이 어깨를 으쓱거렸다.

"두 명은 배가 아파서 화장실에 간다고 나왔고, 다른 두 명은 담배를 피운다고 밖으로 나왔답니다."

"그럼 시신은 누가 처음 발견한 겁니까?"

"담배를 피운다고 나갔던 두 명 중에 한 명입니다."

"그 사람을 포함해서 네 명과 얘기를 해보고 싶습니다."

홍주원 변호사의 말에 우희광이 굳은 표정으로 물었다.

"그냥 사망진단서를 끊어주시면 안 됩니까? 변호사님."

"사인을 뭘로 하고요?"

"그냥……."

답답하다는 표정을 지으며 얼버무리는 우희광에게 홍주원 변호사가 쐐기를 박았다.

"사망진단서는 최종적으로 의사가 서명해야지 효과가 발휘됩니다."

"죽은 사람은 조선인이나 일본인이 아니라 중국인이지 않습니까?"

"사람은 중국인이지만 죽은 곳이 조선입니다. 그리고 조선은 일본의 식민지이고 말입니다. 그러니까 이 사람의 죽음이 타살이라면 범인은 일본 경찰에게 체포되어서 처벌을 받게 됩니다. 일이 그렇게 흘러가면 가인 선생님이 와도 도와주지 못

할 겁니다."

홍주원 변호사가 쏘아붙이듯이 말하자 포기한 우희광이 대답했다.

"여기로 데려올까요?"

"여섯 번째 방으로 데려오십시오. 통역도 한 명 붙여 주시고요."

"통역은 제가 해드리겠습니다. 그리고 혹시 모르니까 종업원도 한 명 데리고 오지요."

우희광이 밖으로 나가고, 따라 나가려던 홍주원은 마지막으로 시신을 살펴보기로 했다. 죽은 쿨리 곁으로 다가간 홍주원은 손수건으로 입을 가린 채 허리를 굽혀서 시신을 가까이서 살펴봤다.

"외상이 없는데 독살이 아니라면 남는 건 하나밖에 없군."

원형 테이블에 있는 젓가락을 하나 집은 홍주원 변호사는 엎드린 채 죽어 있는 쿨리의 옷깃을 살짝 들췄다. 그리고 자신이 예상한 흔적을 희미하게 발견하자 씩 웃었다.

"그럼, 그렇지."

그런데 문제는 한 가지가 더 있었다. 대체 왜 죽였는지다. 다 같이 돈을 벌기 위해 들어온 쿨리들이었고, 점심을 먹고 흩어질 상황이었다. 문제가 생기면 돈을 벌기도 전에 고향으로 쫓겨난다는 사실을 누구보다 잘 알고 있었을 것이고 말이다.

"그런 걸 감안해서라도 죽어야 할 이유가 있었던 셈이었겠지."

고민에 빠진 채 옆방으로 건너간 홍주원 변호사는 방안을 살펴봤다. 홍주원 변호사는 시신이 있는 다섯 번째 방쪽의 벽쪽으로 걸어갔다. 얇은 널빤지로 막힌 벽에 얼굴을 들이대고 살펴보던 그는 문이 열리는 소리에 고개를 돌렸다. 문을 연 것은 우희광이었다. 그 뒤로 초췌한 표정의 쿨리와 공화춘의 종업원이 차례로 들어왔다. 우희광의 손짓에 쿨리가 안으로 들어와서 빈자리에 앉았다. 공화춘의 종업원이 입구에 서서 몽둥이를 지팡이처럼 짚었다. 우희광이 고개를 숙인 채 앉아 있는 쿨리에게 다그치듯 말을 했다. 그러자 쿨리가 고개를 끄덕거렸다. 우희광이 홍주원 변호사에게 말했다.

"이제 물어보셔도 됩니다."

한동안 말없이 지켜보던 홍주원 변호사가 물었다.

"이름이 뭡니까?"

고개를 든 쿨리가 우희광을 바라봤다. 우희광이 짧게 통역을 하자 쿨리가 탁한 목소리로 대답했다. 우희광이 그 말을 받아서 들려줬다.

"덩차오라고 합니다."

"죽은 사람 이름은?"

이번에도 같은 방식으로 통역이 이뤄졌다.

"마샤오춘으로 알고 있답니다."

"친한 사이인가?"

우희광을 통해 얘기를 들은 덩차오는 고개를 저었다. 그리고 말을 이어갔고, 우희광이 옮겼다.

"친한 사이는 아니고 얼굴을 아는 게 전부였다고 합니다."

"그런데 왜 같은 빙에서 함께 식사를 했지?"

"그냥 섞여서 먹었습니다. 점심 먹고 흩어질 예정이라서요."

"마샤오춘과 언제부터 알게 된 거지?"

"조선으로 들어오는 배에서 만났습니다. 저에게 고향이 어디냐고 물어서 모평현 출신이라고 하니까 자기도 고향이 같다면서 접근했습니다."

"고향이 같은데 왜 친해지지 않은 겁니까?"

"거짓말이었거든요."

심드렁하게 대꾸한 덩차오가 덧붙였다.

"고향이 산동성 모평현이라면서 뒷산에서 뭐가 자라는지도 모르고 얼버무렸습니다. 그래서 사기꾼이라고 생각하고 멀리했습니다."

"다른 사람에게는 알렸나?"

"아뇨."

"왜?"

"다 사연이 있어서 조선으로 건너오는데 따져서 뭐하겠습니까? 나만 안 당하면 되는 거지."

더 없이 냉정한 얘기였지만 충분히 이해가 갔다. 낯선 땅으로 오게 되면 뭐든 조심할 수밖에 없었기 때문이다. 덩차오의 얘기를 마음속으로 정리한 홍주원 변호사가 우희광을 통해 물었다.

"왜 조선에 왔는지 궁금합니다."

우희광의 얘기를 들은 덩차오는 담배를 피우고 싶다는 손짓을 했다. 우희광은 얼굴을 찌푸렸지만 홍주원 변호사는 조끼 윗주머니에 넣어둔 메이플 담배를 꺼냈다. 노란색 담뱃갑에서 담배 한 가치를 꺼내서 건네주자 덩차오는 굽실거리며 담배를 받았다. 홍주원 변호사가 성냥으로 불까지 붙여주자 깊이 한 모금 빨아들인 덩차오가 입을 열었다.

"고향에 가뭄이 크게 나고 군벌들끼리 전쟁까지 한다는 소식에 조선으로 건너와서 일을 하기로 했지요. 그래서 고향 친구들 몇 명이랑 웨이하이까지 걸어갔습니다. 그런데 고향에서 크게 전쟁이 터졌다는 소식에 다른 친구들은 모두 돌아가고 저만 남아서 조선으로 오는 배에 탄 거죠."

"어떤 배였는데?"

"화통호라는 기선입니다. 지푸와 대련을 거쳐서 위해위에 왔던 배였죠."

우희광을 통해 얘기를 들은 홍주원 변호사가 재차 물었다.

"그럼 여기서 짜장면을 먹은 사람들은 처음부터 같이 온 사람들은 아니란 말이야?"

"그냥 마지막까지 남은 사람들입니다. 인천항에 들어왔는데 무슨 전염병 검사를 한다고 따로따로 배에서 내렸습니다. 우리들은 가장 나중에 내렸고 말이죠."

"이곳에 와서 짜장면을 먹고 가기로 한 건 누구 결정이었나?"

홍주원 변호사의 질문에 우희광을 힐끔 바라본 덩차오가 대답했다.

"죽은 마샤오춘이 말한 겁니다."

"뭐라고 하면서?"

"점심때도 되었으니까 공화춘에 가서 점심을 먹고 가자고 하더군요. 그냥 빨리 제 갈 길로 가고 싶었지만 배가 고팠던 건 사실이고, 자기가 음식값의 절반을 내겠다고 해서 그냥 따라왔습니다. 거기다 배가 하루 빨리 와서 여유가 좀 있었거든요."

"배가 하루 빨리 왔다고?"

"네, 원래는 내일 도착했어야 했는데 바람을 잘 받아서 하루 빨리 도착한 겁니다. 숙소는 내일부터 들어갈 수 있고, 끼니도 채워야 해서 걱정했는데……."

덩차오의 대답을 들은 홍주원 변호사는 그의 말을 통역한 우희광을 바라봤다.

"죽은 마샤오춘이 왜 잘 알지도 못하는 일행을 여기로 데려온 겁니까?"

질문을 받은 우희광은 영문을 모르겠다는 표정을 지었다.

"저도 원래 알던 사람이 아닙니다."

"오늘 처음 봤던 겁니까?"

"그렇습니다."

떨떠름한 표정으로 대답한 우희광을 힐끔 바라본 홍주원 변호사가 다시 질문을 이어갔다.

"공화춘에 들어와서 어떤 일이 벌어졌습니까?"

"우리보고 2층으로 올라가라고 해서 시키는 대로 했습니다. 몇 개의 방에 나눠 들어가서 자리를 잡았고, 짜장면이 나왔죠."

"고향에서 먹었던 것과 많이 달랐죠?"

긴장을 풀어주기 위해 던진 질문에 담배를 깊이 빤 덩차오가 고개를 절레절레 흔들었다.

"작장면이랑 너무 달라서 같은 음식인 줄 몰랐습니다."

"조선 사람들은 엄청나게 좋아해."

"뭐, 낯설기는 했지만 나쁘지는 않았습니다."

"식사 중에는 이상하거나 눈에 띄는 일은 없었어?"

"그냥 먹기만 했습니다. 뭐, 따로 할 얘기도 없었고요."

"식사 후에는 화장실을 간 거야?"

"사실, 급한 건 아니었는데 같이 있기가 어색해서요. 그래서 밖으로 나왔습니다."

"그 방에 있던 다섯 명 중 죽은 마샤오춘을 제외하고는 모두 밖으로 나갔다고 들었어. 그냥 있기가 어색해서 그런 거야?"

"시간을 계속 끌었거든요."

예상밖의 대답에 홍주원 변호사는 고개를 갸웃거렸다.

"무슨 뜻이지, 그게?"

"짜장면 먹고 빨리 갈 길을 가야 하는데 계속 말을 하면서 시간을 끌더라고요. 그래서 다들 짜증이 나서 밖으로 나왔던 겁니다."

"아, 마샤오춘이 반값만 내겠다고 했으니까 그냥 갈 수도 없던 상황이었지."

혼잣말처럼 얘기한 홍주원 변호사의 말을 전해 들은 덩차오가 우희광을 바라보며 대답했다.

"아래층으로 내려갈까 했는데 그러면 돈을 안 내고 도망친다는 오해를 받을까봐 그냥 복도를 서성거렸습니다."

"방에 있다가 나온 사람들도 다 그랬어?"

"다른 방에 들어간 사람도 있었고, 다른 방에서 나온 사람도 있었습니다. 그러다가 같은 방에 있다가 나온 마씨가 문틈으로 안을 들여다보고 있다가 죽은 것 같다는 말을 하면서 사람들이 모여들었죠."

"당신도?"

고개를 끄덕거린 덩차오가 당시 상황을 설명했다.

"방에 있거나 복도를 서성거리던 사람들이 우르르 몰려가서 난리법석이 일어났죠. 그러다가 문틈으로 들여다보니까 진짜 마샤오춘이 벽에 기댄 채 미동도 하지 않고 있더라고요."

"그다음에는?"

홍주원 변호사의 물음에 덩차오는 우희광을 바라봤다.

"문을 열려고 했는데 잠겨 있었습니다. 그래서 누군가 발로 문을 차서 부쉈는데 그때 아래층에서 이 사람이 올라와서 들어가지 말라고 해서 다들 물러났습니다."

덩차오의 얘기를 우희광이 이어받았다.

"아래층에서 담장 쌓는 일을 지켜보는데 위층에서 소리가 나서 바로 올라왔죠. 문을 부수는 걸 보고 싸움이 난 줄 알고 멈추라고 소리치면서 달려간 겁니다."

덩차오와 우희광의 얘기를 들은 홍주원 변호사는 대략의 상황을 파악할 수 있었다. 담배 한 가치를 더 건넨 홍주원이 나가라는 손짓을 하자 덩차오는 굽실거리며 일어나서는 밖으로 나갔다. 엉거주춤 바라보던 우희광이 물었다.

"계속 부를까요?"

"네."

단호하게 얘기한 홍주원 변호사는 덩차오와 종업원이 나가자마자 일어서는 벽쪽으로 의자를 가져갔다. 그리고 의자를 딛고 올라가서는 벽 너머를 바라봤다. 까치발을 하고 고개를 내밀자 겨우 벽 너머를 내려다볼 수 있었다. 아래를 내려다보자 죽은 마샤오춘의 모습이 보였다.

"한 가지 의문이 더 풀렸군."

벽 너머를 내려다보면서 중얼거린 홍주원 변호사는 발자국 소리를 듣자 급하게 내려와서는 의자를 끌고 원래 자리로 돌아왔다. 잠시 후, 문이 열리고 우희광과 쿨리 한 명이 들어왔다. 들어온 쿨리의 키가 우희광의 어깨 높이 정도밖에 안 되는 걸 본 홍주원 변호사는 심드렁한 표정을 지었다. 두 번째로 들어온 그와는 앞서 얘기를 나눈 덩차오의 얘기가 사실인지만을 물어본 후 돌려보냈다. 첫 번째와는 달리 금방 끝내자 우희광이 의아한 눈으로 바라봤다. 그런 우희광에게 홍주원 변호사가 말을 건넸다.

"죽은 마샤오춘이 자기가 돈을 내겠다고 하면서까지 이곳으로 일행들을 끌고 왔고, 시간을 질질 끌었습니다. 이상하네요. 큰소리를 치긴 했는데 돈이 없어서 그랬던 거 아닐까요?"

홍주원 변호사의 물음에 우희광이 고개를 저었다.

"아뇨, 돈은 지불했습니다."

"뭐라고요?"

"요즘 경기가 안 좋아서 그런지 음식을 먹고 튀는 놈들이 많아서 좀 수상쩍다 싶으면 선금을 받습니다. 처음 본 쿨리들이 스무 명 넘게 왔는데 다들 꾀죄죄하고 조선에는 이제 처음 도착했다고 해서 선금을 먼저 내라고 했죠."

"마샤오춘이 냈습니까?"

"전부 다 냈습니다."

우희광의 얘기를 들은 홍주원 변호사가 고개를 갸웃거렸다.

"동료들에게는 절반을 내겠다고 한 모양인데요?"

"그건 잘 모르겠습니다."

"친하지도 않은 동료들에게 거짓말까지 하면서 이곳에 왔고, 식사를 마치고도 시간을 질질 끌었군요."

"뭔가 속사정이 있었나 보죠."

우희광은 영문을 모르겠다고 말했지만 홍주원 변호사는 다른 생각이 하나 떠올랐다.

"오늘 일본 경찰이 오거나 예약을 한 적이 있습니까?"

"오, 오늘이요? 오늘은 없고 내일 예약이 잡혀 있습니다."

"2층입니까?"

"아뇨, 1층 계단쪽 방들로 해달라고 했습니다. 보통은 2층의 넓은 루방이나 배루의 방으로 잡았는데 말이죠."

팔짱을 낀 홍주원 변호사는 생각에 잠겼다. 그러자 문가에 어정쩡하게 서 있던 우희광이 물었다.

"두 명 남았는데 어떡할까요?"

"불가능한 것을 전부 제외하고 남은 것은 아무리 말이 되지 않더라도 진실일 수밖에 없는 법이죠."

엉뚱한 대답을 들은 우희광이 눈살을 찌푸렸다.

"그게, 무슨 뜻입니까?"

"셜록 홈즈가 한 얘기죠. 지금 상황이 딱 소설 속에 나오는 상황이랑 딱 맞는 것 같아서요."

"이름을 들어보니 영길리(영국) 사람 같네요."

"맞습니다. 아주 뛰어난 실력을 가진 탐정이죠. 명탐정."

"여기 있으면 도움이 되었을 텐데 아쉽군요."

쓸쓸하게 웃은 우희광이 밖으로 나가서 다음 사람을 데려왔다. 그의 키가 작다는 걸 확인한 홍주원 변호사는 몇 마디 얘기만 나누고 내보냈다. 우희광이 일어난 쿨리의 등을 떠밀면서 말했다.

"이제 남은 건 한 명입니다."

"그 사람까지 얘기를 나눠보고 이상한 점이 없으면 사망진단서를 작성해 드리겠습니다."

"알겠습니다."

신이 난 우희광이 종업원에게 얼른 데려오라고 소리쳤다. 죽은 마샤오춘과 같은 방에서 식사를 했던 네 명의 쿨리 중 마지막이었다. 의자에 앉아서 문을 쳐다보던 홍주원 변호사는 마지막으로 들어온 쿨리가 우희광보다 훨씬 크다는 걸 확인하고는 가볍게 웃었다. 30대 중반으로 보이는 그는 크고 깡마른 체구에 짙은 눈썹과 부리부리한 눈매를 가지고 있었다. 빈자리에 앉은 그를 본 홍주원 변호사가 우희광을 바라봤다.

"아까처럼 이름을 물어봐 주십시오."

우희광을 통해 홍주원 변호사의 얘기를 들은 그가 똑바로 쳐다보면서 말했다.

"마중덕이라고 합니다. 나이는 서른다섯 살이고 산동성에서 왔습니다."

더듬거리긴 했지만 알아들을 수 있을 정도라서 홍주원 변호사는 놀란 표정을 감추지 않았다.

"조선말을 할 줄 알아?"

"이곳에서 일할 생각이라 작년부터 틈틈이 배웠습니다. 많이 어색해도 이해해 주십시오."

"그 정도면 들을 만하네."

"그런데 몇 살입니까?"

예상 밖의 물음에 놀란 홍주원 변호사가 대답했다.

"스물여섯."

"나보다 많이 어리네. 조선에서는 나이가 많으면 어른 대접을 해준다고 하던데."

어이가 없어진 홍주원 변호사가 우희광을 바라봤다. 우희광은 고소하다는 듯 웃음을 억지로 참는 중이었다. 쓴웃음을 지은 홍주원 변호사가 조끼 주머니에서 메이플 담배를 꺼냈다.

"한 대 피우시겠습니까?"

"안 피웁니다."

머쓱해진 홍주원 변호사가 담배를 도로 집어넣었다.

"마샤오춘과 같은 방에서 식사를 하셨죠?"

"그렇습니다. 다섯 번째 방에서 다섯 명이 함께 먹었죠."

"식사 후에는 방을 나오셨고요."

"같이 있기 서먹하기도 하고, 생각할 게 있어서 밖으로 나왔습니다. 아래층으로 내려가고 싶었는데 지배인이 은근히 눈치를 주는 것 같아서 그냥 복도를 서성거렸죠."

"그러다가 사람이 죽었다는 소리를 들었습니까?"

"사실, 소리를 지른 게 납니다."

"처음 발견했다고요?"

"그렇습니다. 음식값의 절반을 낸다고 해서 따라왔는데 갈 생각을 안 해서 채근하려고 했는데 문이 잠겨 있었죠. 그래서 문을 열라고 소리쳤는데 아무 기척이 없어서 문틈으로 안을 들여다봤습니다."

"그리고 벽에 기댄 채 앉아 있는 마샤오춘을 발견했군요."

"처음에는 자는 줄 알았습니다. 그런데 소리를 쳐도 꿈쩍도 하지 않아서 죽은 거 아니냐고 소리를 쳤던 거죠."

"그 후에 문을 부쉈습니까?"

"몰려온 동료들 중 한 명인 것 같은데 정확히 기억나지는 않습니다."

"죽은 마샤오춘은 어떤 사람이었습니까?"

홍주원 변호사의 물음에 잠시 고민하던 마중덕이 입을 열었다.

"잘 모르겠습니다."

"같은 배를 타고 오고, 식사도 한 방에서 같이 하지 않으셨습니까?"

"이상하게 가깝게 지낼 수 없는 벽 같은 게 느껴졌습니다. 사기꾼이라고 하는 사람도 있어서 피한 것도 있고요."

"배에서 누군가와 다툰 적이 있었습니까?"

"없었습니다. 낯선 조선으로 가야 한다는 사실에 다들 신경이 예민해지긴 했지만 배에서 말썽을 부리면 쫓겨나기 때문에 다들 최대한 조심했습니다."

"혹시 죽은 마샤오춘이 누군가에게 쫓기거나 혹은 도망치는 느낌 같은 건요?"

"전혀요. 다만."

잠시 생각에 잠겼던 마중덕이 입을 열었다.

"하루 빨리 도착한 것에 대해서 몹시 신경을 썼습니다."

"왜요?"

"잘 모르겠습니다. 다른 일행들은 뱃멀미에 시달려서 육지에 빨리 내린다는 소식에 몹시 기뻐했거든요."

"그 사람이 이곳에 오자고 했다더군요. 음식값의 절반을 내겠다는 조건으로요."

"맞습니다. 마지막으로 검역이 끝나고 내리는데 짜장면을 기가 막히게 잘하는 곳이 있다면서 먹고 가자고 했습니다. 하지만 다들 시큰둥해하니끼 자기가 반값을 내겠다고 해서 온 겁니다."

"지배인 얘기로는 이곳에 처음 왔다고 하던데요."

"그런가요? 하도 맛있다고 해서 와 본 적이 있는 줄 알았죠."

"그러니까 죽은 마샤오춘은 한 번도 와 보지 않았던 공화춘에 별로 친하지 않았던 동료들을 위해 음식값의 절반을 낸다고 하고 끌고 온 셈이군요. 그리고 식사를 마치고도 일어나지 않았고 말이죠."

홍주원 변호사의 말에 마중덕은 곰곰이 생각하다가 입을 열었다.

"왜 그랬는지는 나도 잘 모르겠습니다."

마샤오춘이 죽어 있는 방쪽의 벽을 바라보던 홍주원 변호사는 의자에서 일어났다. 그리고 우희광을 바라봤다.

"도저히 모르겠군요. 왜 죽었는지."

예상밖의 대답에 떨떠름한 표정을 지은 우희광은 서둘러 대답했다.

"그, 그렇죠. 타살일 리는 없고, 그냥 급사일 겁니다."

"인천역 근처에 아는 의원이 있습니다. 거기에 얘기해서 사망진단서를 발급하는 게 좋겠습니다. 시신은 의원으로 옮기고, 제 편지를 전해 주십시오. 그리고 그쪽에 적당히 성의 표시를 하는 것도 잊지 마시고요."

"아이고, 진짜로 성의 표시는 변호사님에게 해드려야 하지 않겠습니까?"

"다음에 올 때 짜장면 한 그릇 부탁합니다."

"그 정도야 뭐가 어렵겠습니까? 앞으로 공화춘이 문을 여는 한 평생 짜장면을 공짜로 드리겠습니다."

홀가분한 표정으로 웃는 우희광을 바라보던 홍주원 변호사는 긴장이 풀어진 표정의 마중덕을 바라봤다.

"귀찮게 해서 죄송합니다."

1층으로 내려와서 의원에게 줄 편지를 작성한 홍주원 변호사는 2~3시간 후에 편지를 보내라는 말을 했다. 그리고 알겠다고 대답하는 우희광의 배웅을 받으며 공화춘 밖으로 나왔다. 인천역 쪽으로 걸어가던 그는 우희광이 안으로 들어가자마자 문이 보이는 골목길로 들어갔다. 그리고 조끼 주머니에서 메이플 담배를 꺼내서 입에 물었다. 담배 한 가치를 다 피우고, 다음 한 가치를 절반쯤 피울 무렵, 쿨리 일행이 우르르 몰려나왔다. 보따리를 한 개씩 품에 안은 그들은 사방으로 흩어졌다. 절반 정도는 인천역이 있는 곳으로 향했다. 그가 기다렸던 사람은 제일 나중에 나왔다. 품에 보따리를 안고 주변을 두리번거리던 그는 천천히 인천역 쪽으로 향했다. 마지막으로 깊이 담배를 빤 홍주원 변호사는 꽁초를 바닥에 버리고 그를 따라갔다. 패루가 있는 큰길로 나간 그는 천천히 인천역이 있는 언덕 아래로 내려갔다. 속도를 조금 높인 홍주원 변호사가 그와 나란히 걸었다. 흠칫 놀란 그에게 말을 걸었다.

"어디로 가십니까?"

주저하던 그가 입을 열었다.

"경성으로 갑니다. 일자리를 찾으러."

담뱃갑을 뒤져서 마지막 남은 담배를 꺼낸 홍주원 변호사가 입에 물고 성냥불을 붙였다. 눈싸움을 하는 아이들의 웃음소리가 거리를 굴러다녔다. 담배 연기를 내뿜은 홍주원 변호사가 조용히 말했다.

"불가능한 것을 전부 제외하고 남은 것은 아무리 말이 되지 않더라도 진실일 수밖에 없다."

묵묵히 듣고 있던 마중덕이 대답했다.

"셜록 홈즈가 한 말이군요.《네 개의 서명》이라는 작품으로 기억합니다."

"아시는군요."

"중국에서도 유명한 작가니까요."

"그래서 불가능한 것들을 제외하고 남아 있는 것들만 생각해봤습니다. 죽은 마샤오춘은 산동성 모평현 출신이라고 했지만 정작 같은 고향 출신의 쿨리는 그가 거짓말을 했다고 하더군요. 그리고 남들은 하루 빨리 내리는 걸 기뻐했지만 혼자서만 싫어했고, 자신이 음식값을 내겠다고 하면서까지 공화춘에 동료들을 붙잡아뒀습니다. 심지어 음식값도 미리 다 지불했고 말이죠."

"뭐라고요? 그런데 왜 우리들한테는 반값만 냈다고 한 거죠?"

"못 가게 하려고 그런 거 같습니다. 전부 다 냈다고 하면 그냥 나갈 수도 있다고 생각할 테니까요."

"왜 그런 바보 같은 짓을?"

말끝을 흐린 마중덕에게 홍주원 변호사가 말했다.

"중간에 지배인에게 물어봤더니 다음날 일본 경찰들의 예약이 잡혀 있었다고 하더군요."

살짝 눈살을 찌푸린 마중덕이 물었다.

"그거랑 이번 일이랑 무슨 상관입니까?"

"죽은 마샤오춘이 공화춘으로 동료들을 데리고 온 것과 연관이 있으니까요. 계속 고민하다가 지난달 동아일보에서 봤던 기사가 하나 떠올랐습니다."

걸음을 멈춘 홍주원 변호사가 마중덕을 바라봤다.

"나석주의 잠입설은 경찰이 허보라고 선전했다는 제목의 기사였죠."

"나는 중국인 마중덕이오."

"저는 변호사라 법성에서 거래를 하는 게 일상이죠. 저랑 거래를 하나 하시겠습니까?"

"무슨 거래 말이오?"

"그 자를 어떻게 죽였는지 알려주시면 당신의 정체에 대해서 모른 척하겠습니다."

"말도 안 되는 소리!"

흥분한 마중덕의 말에 홍주원 변호사가 쓴웃음을 지었다.

"아무리 말이 안 돼도 그것밖에 안 남았다면 그게 진실입니다."

힘주어 말한 그를 바라보던 마중덕이 고개를 끄덕거렸다.

"일단 얘기는 들어보겠소."

다시 발걸음을 옮긴 홍주원 변호사가 말했다.

"죽은 마샤오춘의 이상한 행동은 한 가지 결론에 도달합니다. 시간을 끌어서 동료들이 흩어지는 걸 막으려고 했던 것이죠. 친하지도 않은데 그랬던 이유는 단 하나, 일본 경찰 때문이었습니다."

"마샤오춘이 일본 경찰과 무슨 관련이 있단 말이오?"

"여러 가지 정황을 보면 마샤오춘은 일본 경찰의 밀정 같습니다. 한 번도 가보지 않았던 공화춘으로 동료들을 데려오고 못 떠나게 한 이유는 그들 중 누군가를 감시하고 있었고, 일본 경찰에게 넘겨주기 위해서였을 겁니다."

"중국이라면 모르지만 조선 땅에서는 경찰서로 끌고 가면 그만 아닌가?"

"자기 정체가 드러나지 않도록 조심했던 것 같습니다. 그래야 중국으로 돌아가서 다른 독립 운동가를 감시할 수 있으니까요. 공화춘으로 데리고 가서 식사를 하게 하고 비슷한 시간에 온 일본 경찰이 체포하게 만드는 게 원래 계획이었을 겁니다. 그런데 화통호가 하루 일찍 도착하면서 일이 틀어지고 말았죠. 그래서 일단 공화춘으로 끌고 간 다음에 어떤 방식으로든 연락을 하려고 했던 것 같습니다."

"하지만 그 자가 죽은 방은 안에서 잠겨 있었어."

"그게 궁금하다는 겁니다. 아까 얘기를 나눴던 6번방과 시신이 있던 5번방의 벽에 작은 구멍이 있는 걸 발견했습니다. 바로 그 벽에 마샤오춘이 기댄 채 죽어 있었죠. 사실 그 위치 때문에 당신의 거짓말을 알아차릴 수 있었습니다."

"무슨 거짓말을 했단 말이지?"

"문틈으로 봤을 때 시신이 보였다는 얘기 말입니다. 제가 들어갔을 때는 원탁에 가려서 시신이 보이지 않았으니까요."

46

"저런, 내가 실수를 했군."

"제가 풀지 못한 건 그 자를 죽인 방법입니다. 창파오의 옷깃에 가려진 목덜미에서 가느다란 끈의 흔적을 발견했습니다."

"용케 찾았군."

"외부에 상처가 없고 출혈도 없는 상태에서 죽었다면 독살과 목 졸림밖에는 없으니까요. 사실 밀실이라고는 하지만 완벽한 밀실은 아니었습니다. 천정과 벽 사이에 틈이 있는 걸 봤습니다. 하지만 거기로 사람이 드나들 정도는 아니었죠. 하지만 목을 조를 만한 끈이 드나들기에는 충분했습니다. 거기서 벽에 부딪쳤죠."

홍주원 변호사는 고드름이 매달려 있는 길옆의 처마를 향해 담배 연기를 내뿜었다.

"목을 졸라서 죽였다면 현장에 끈이 남아 있어야 했는데 흔적도 없이 사라졌으니까요."

나석주는 홍주원 변호사를 말없이 바라보다가 창파오의 소매를 걷었다. 거기에는 투명한 줄이 칭칭 감겨 있었다.

"뭡니까?"

"피아노 줄. 얇지만 질기기는 쇠심줄보다 더 질기지. 상해 임시정부 경무국에 있을 때 배워서 의열단과 다물단으로 활동할 때 써먹었네. 주로 밀정들을 조용히 처리할 때 이걸 썼지."

마샤오춘의 목에 있던 가느다란 끈의 흔적을 떠올린 홍주원 변호사가 물었다.

"죽은 자는 누굽니까?"

"일본 경찰의 밀정이야. 올여름에 나랑 동지들이 국내에 잠입한다는 소문이 신문에 실렸네. 그러자 일본 영사관에서 웨이하이에 경찰들을 보내서 소문이 사실인지 알아본 적이 있었어. 들키지 않고 넘어갔다고 생각했는데 일본 경찰이 끄나풀을 남겨놨던 걸 몰랐어."

"제가 본 기사는 그럼 일본 경찰들이 속이기 위해서 거짓말을 한 거였군요."

"아마도."

"공화춘에서 죽은 자가 그 끄나풀입니까?"

"맞아. 모평현이 고향이라고 했는데 그곳이 진짜 고향인 자가 말하기를 가짜라고 하더군. 그래서 가까이서 지켜봤는데 내보따리를 뒤지려고 했어. 그래서 짜장면을 먹고 모두 자리를 뜨고 그 자 혼자 남은 걸 보고는 옆방으로 들어갔지."

"벽에 작은 구멍이 있었는데 그걸로 방 안의 동태를 살핀 겁니까?"

"맞아. 그런데 내가 있던 방에서 소리가 났는지 금방 알아차리더군. 그러면서 내 정체를 알고 있으니까 자수를 하라고 말을 하였네. 그래서 그를 없애버릴 결심을 했지."

"정체가 들통났으니까 없애버린 겁니까?"

"6년 전에 조선을 떠나 중국으로 망명한 이후 조국의 독립을 위해 불철주야 노력했네. 하지만 일본은 너무 견고하고 강력했지. 그래서 조선 경성에 있는 일본의 통치기관들을 폭파시켜서 조선의 민중들에게 우리가 아직 저항을 멈추지 않고 있다는 걸 알려주고 싶었네."

격정과 울분에 가득 찬 나석주의 얘기를 들은 홍주원이 남은 담배 한 가치를 물었다.

"어떻게 죽인 겁니까? 목을 졸라 죽인 건 알겠는데 현장에는 피아노 줄이 보이지 않았습니다."

홍주원 변호사의 물음에 나석주의 피아노 줄이 감긴 손목을 다시 소매로 가리면서 말했다.

"일단 잘 안 들린다고 하면서 벽에 바짝 붙어 있게 했네. 그리고 의자를 대고 올라가서 벽 너머로 올가미를 내렸네."

"그게 말처럼 쉬운 게 아닐 텐데요?"

"맞아. 방에 대나무 자 같은 게 있어서 거기에 올가미를 둘러서 낚싯대처럼 드리웠네."

"목에 걸린 다음에는 잡아당기셨고 말이죠."

담배를 문 홍주원 변호사가 줄을 당기는 시늉을 하자 나석주가 고개를 끄덕거렸다.

"이걸로 목을 조르면 비명을 지르지 못해서 조용히 처리할 때는 제격이지. 예상대로 비명을 지르지 못하고 발버둥을 치다가 축 늘어지더군."

"목에 감긴 피아노 줄은 어떻게 하셨습니까? 방은 안에서 잠겨 있어서 들어가지 못하는 상황이었고, 벽은 넘어가기는 너무 좁았는데요."

"매듭이었네."

손목에 감긴 피아노 줄을 푼 나석주가 능숙한 손놀림으로 올가미를 만들었다. 옆으로 줄이 하나 삐져나왔는데 그걸 당기자 올가미가 스르륵 풀렸다.

"피아노 줄이 목을 파고들면 다시 풀어내기가 어려워서 말이야. 그래서 올가미를 풀 수 있는 매듭을 사용했네."

올가미를 푼 나석주가 피아노 줄을 도로 손목에 걸었다.

"그래서 감쪽같이 밀실 안에서 사람이 죽은 것처럼 보였군요. 그런데 왜 시신을 먼저 발견한 것처럼 소란을 피우셨습니까? 그러면 경찰이 올 수 있었는데 말이죠."

"소란스러운 틈을 타서 도망치려고 했지. 그런데 지배인이 엉뚱하게 자네를 불러오는 바람에 일이 틀어졌지 뭔가."

그렇게 얘기를 주고받는 사이, 두 사람은 청관의 패루를 지나 인천역에 도달했다. 나무로 된 전신주가 가로지르는 도로 너머에는 널빤지로 만든 담장이 있었고, 그 너머에는 물결 모양으로 된 아연 철판을 지붕으로 덮은 단층의 벽돌 건물이 보였다. 건물 너머의 철로에는 이제 막 도착했는지 연기를 뿜어

내는 증기 기관차가 있었다. 다 피운 담배를 고드름이 떨어지면서 생긴 물웅덩이에 던진 홍주원 변호사가 중국인 마중덕으로 위장한 의열단원 나석주에게 물었다.

"어디로 가십니까?"

"진남포. 일단 고향에 있는 가족들을 만나볼 생각일세. 중국으로 망명하면서 작별인사를 제대로 못했거든. 그리고 경성으로 갈 생각이야. 그곳에서 조국의 총탄이 되어서 일제의 심장을 박살낼 거야."

"잘 다녀오십시오."

"다시 만나면 공화춘에서 짜장면이나 같이 먹었으면 좋겠네 그려. 어렵겠지만 말이야."

"물론입니다. 그럼, 가족들과 좋은 시간을 보내시기 바랍니다."

"그런데 말이야."

주저하던 나석주가 홍주원 변호사를 바라봤다.

"공화춘 지배인의 얘기나 자네 옷차림을 보아하니 독립운동에는 관심이 없는 모던 보이처럼 보이는군."

"맞습니다."

"그런데 왜 나를 도와준 거지?"

나석주의 물음에 홍주원 변호사는 어깨를 으쓱거렸다.

"제 궁금증을 해결해줬으니까요. 서양에서는 그걸 기브 앤

테이크라고 합니다."

홍주원 변호사의 대답을 들은 나석주는 대답 대신 고개를 끄덕거리며 도로를 건넜다. 때마침 승객들과 열차에서 내린 짐을 지게에 실은 짐꾼들이 쏟아져 나왔다. 두 사람은 자연스럽게 양쪽으로 갈라졌다. 그리고 각자 승강장의 양쪽 끝으로 걸어갔다. 중간에 멈춰 선 나석주는 보따리를 옆구리에 낀 채 주먹을 불끈 쥐어 보였다. 홍주원 변호사는 모자를 살짝 들어 올리고는 각자 갈 길을 갔다. 승강장 끝에 도착한 홍주원 변호사는 신문을 하나 사서 벤치에 앉아서 천천히 읽었다. 중국인 마중덕으로 위장한 의열단원 나석주가 열차를 타고 떠날 때까지 기다리기 위해서였다. 멈춰 있던 열차가 기적 소리를 내면서 서서히 움직였다.

*1926년 12월 28일, 경성의 식산은행과 동양척식주식회사에 폭탄을 투척한 나석주는 을지로 일대에서 몰려드는 일본 경찰과 총격전을 벌이다 남은 탄환으로 스스로 목숨을 끊었다. 그는 중국인 마중덕으로 위장해서 인천항으로 들어왔으며, 짜장면으로 유명한 공화춘에서 식사를 했던 것으로 전해진다.

원투

은상

1

놀랍도록 느렸다.

주먹이 날아오는 것이 모두 보일 정도였다. 하지만 이 녀석은 약속을 어겼다. 절대 얼굴만은 때리지 않기로 했는데…….
내일 오디션이 있어서 얼굴을 때리면 안 된다고 그렇게 이야기를 했는데, 이 녀석의 느릿느릿한 주먹은 얼굴을 향해 날아왔다. 전혀 위협적이지 않지만 화가 났다.

녀석의 주먹을 간단한 더킹으로 피하고 왼손 잽을 날린 후냅다 녀석의 코에 스트레이트를 꽂아 버렸다. 헤드기어를 쓰고 있어서 가장 큰 충격을 받을 만한 부분이 바로 정면, 코였으니까.

"스톱!"

옆에서 관장이 소리를 질렀다. 녀석은 이미 주저앉은 후였다. 코피까지는 나지 않았지만 눈물이 흐르는 것이 보였다.

"아니, 이거 진짜 시합이 아니라니까. 그냥 약속 스파링인데 다래 넌 왜 일굴을 때리고 그래?"

녀석의 코를 보더니 관장이 나에게 소리를 질렀다.

"저, 새…… 아니, 저 녀석이 먼저 얼굴 쪽으로 손을 올렸잖아요."

내가 항변했다. 녀석은 여전히 울상을 하고서 주저앉아 있었다. 내가 째려보자 녀석은 눈을 피해 버렸다.

다시 관장은 녀석의 헤드기어를 벗기고 말했다. "아니, 이 코……." 관장은 한숨을 다시 내쉬고는 나를 쳐다보았다. "이제 다닌 지 일주일밖에 안 됐잖아. 아직 잘 몰라서 그러는 거지. 그냥 스파링이란 게 뭔지 알려주려고 시킨 건데, 이렇게 묵사발을 만들어 놓으면 어떡하냐? 이렇게 해놓으면 또 부모님에게 연락 온단 말이야."

"걱정하지 마세요. 연락 올 일은 없어요."

지금까지 아무 말도 하지 않던 녀석이 말했다. 괜히 미안한 마음이 들었다. 그래도 내 소중한 얼굴을 건드리려 한 건 녀석이니까, 내가 미안할 건 없다.

관장도 미안한지 수건으로 녀석의 땀을 닦아 주고는 정리

운동을 하라고 말하고 돌아섰다. 아니면 부모님에게 항의 전화가 오지 않을 테니 다행이라는 생각을 하고 있을지도 모르겠다.

링 위에 있기 서먹해진 나는 간단하게 줄넘기로 마무리 운동을 하고 짐을 챙겨서 체육관을 나왔다. '화이팅 복싱짐'이라는 간판은 안의 형광등 몇 개가 나갔는지 '와이 복싱짐'처럼 보였다. '와이'. 왜 복싱을 시작했느냐고 묻는 듯했다. 관장은 소질이 있다고 여자 프로복싱 선수로 데뷔하라고 말하지만 나의 꿈은 모델이다. 그것도 패션모델. 키가 모델치고는 작은 백육십 센티미터라는 게 단점이기는 하지만(정확히는 159.7센티미터) 다리가 긴 편이니 그 정도 단점은 커버할 수 있지 않을까?

상념에 잡혀서 계단을 내려오는데 앞에서 시커먼 그림자가 기다리고 있었다. 녀석이다. 설마 스파링 때문에 앙심을 품고 나를 기다리고 있었던 건 아니겠지? 다른 사람 기다리고 있는 거겠지?

"저기요."

모르는 척하고 지나치려고 했는데 녀석이 나를 불렀다.

"왜?"

무슨 해코지를 할지 몰랐기에 약간 거리를 두고 서서 귀찮다는 듯 대답했다. 스파링과는 다르게 길거리에서 남자애가 진심을 다해 달려들면 위험할 것이다.

"사과하려고요. 일부러 얼굴 때리려고 한 건 아니었어요."

코가 살짝 부어올라 안 그래도 순하게 생긴 얼굴이 더 순하게 변해 버린 그 녀석이 말했다.

그 얼굴을 자세히 보니 아까의 경계는 사라지고 속에서 픽하고 웃음이 올라왔지만 침고 말했다

"아니야. 됐어. 운동하다가 보면 그럴 수도 있는 거지."

난 쿨한 척하고 손으로 인사를 보내며 집으로 향하려 했는데 녀석이 계속 말을 붙였다.

"식사했어요? 저녁에 운동하고 나면 배고프던데, 밥이나 같이 먹을래요? 괜찮으면 짜장면 같은 거라도."

생각보다 말이 정말 많은 녀석이었다.

"아니, 배 안 고파. 그리고 난 짜장면은 절대 안 먹어. 너도 운동 끝나고 짜장면 같은 거 먹지 마. 거기에 얼마나 많은 기름이 들어가는지 알아? 그리고 소금도 많이 들어 있는 음식이라 다음 날 퉁퉁 붇는다고."

말이 많은 녀석하고 말을 해서 그런지 나도 안 해도 되는 말을 했다. 다른 것도 아니고 짜장면이라니. 기억하고 싶지도 않다.

"그러면 짬뽕이라도, 아니 그것보다 제 이름은 최솔이에요. 열아홉. 고등학교 3학년이고요."

녀석은 쑥스러운 미소를 지으면서 손을 내밀었다. 녀석의

빈약한 상상력에 어이가 없었다. 짜장면이 안 된다고 했더니 고작 생각한 게 짬뽕이라니. 그보다…… 망했다. 어려 보여서 반말을 시작했는데 나보다 두 살이나 많다. 그래도 어쩔 수 없다. 이왕 시작한 반말을 멈출 수는 없었다. 나는 녀석이 내민 손을 잡으며 말했다.

"난 강다래. 음…… 난 열일곱. 고등학교 1학년이지."

"열일곱? 나보다 어리네? 난 얼굴만 보고……."

"얼굴만 보고 뭐? 내가 늙어 보인다고? 인제 와서 오빠라고 부르기라도 하라고?"

최솔은 단어 그대로 한발 뒤로 물러났다. '움찔'이라는 표현이 무엇인지 그대로 몸으로 보여주었다. 귀여운 얼굴에 약간 통통한 감이 있었지만 전체적으로 주눅 들어 보이는 인상이었다. 약간 고개와 어깨를 구부정하게 숙이고 있는 것이 더 사람을 작아 보이게 했다.

"아니, 난 그냥 미안해서 짜장면이나……."

"또 그놈의 짜장면. 난 짜장면 안 먹는다고! 그리고 미안해할 것도 하나도 없으니까 그냥 가버……."

"야! 최솔!"

내 말이 끝나기도 전에 누군가 끼어들었다. 비슷한 또래의 남자아이 두 명이 소리를 치며 걸어오는 게 보였다. 이것 또 무슨 사정이야? 타다닥 하는 소리에 최솔이 있던 쪽으로 고개를 돌려보니 이미 저만큼 달려가고 있었다.

어이가 없네. 짜장면 어쩌고 하더니, 무슨 사정인지는 모르겠지만 여자 혼자 남겨두고 저렇게 도망을 가?

다행히도 걸어오던 남자애들 둘은 나에게 관심도 두지 않고 "거기 서봐!"라고 외치며 쳐솟을 쫓아갔다. 아무래도 무슨 일이 생기지나 않을까 하는 생각에 쫓아가 볼까도 했지만, 그건 정말로 오지랖이고, 내 알 바 아니었다.

괜히 앞에서 오래 서 있는 바람에 복싱집에서 흘린 땀이 다 식어서 살짝 한기가 들었다. 감기라도 걸리면 컨디션에 좋지 않다. 비록 작지만 그래도 따뜻한 물이 나오는 집에 가서 샤워나 빨리 해야겠다.

#

샤워를 마치고 침대 위에, 아니 매트리스 위에 앉아 있으니 몸이 노곤했고, 배가 고팠다. 내일이 오디션인데 오늘, 아니 지금 뭔가를 먹을 수는 없다. 안 그래도 얼굴에 젖살이 빠지지 않아서 더 통통해 보이는데 붓기까지 하면 큰일이다. 그래도 그 사과 잘하는 최쏘리 때문에 짜장면이 생각났다. 짜장면이라고 하면 엄마가 자연스럽게 연상되기 때문에 잘 생각하지 않으려 하는데 다 최쏘리 탓이다.

지오디가 부른 노래의 가사처럼 '어머니는 짜장면이 싫다고 하셨어'와 같은 애틋한 감정이 아니다. 짜장면을 생각하면 엄마가 떠오르고 나는 화가 난다. 엄마에게 짜장면은 고립이었고, 섬 그 자체였다. 그리고 나에게도 그것은 섬이었다.

2

아홉 살이 될 때까지 엄마와 짜장면 그리고 그 섬은 나의 전부였다.

백 명이 조금 넘는 사람들이 살고, 내가 다니던 초등학교는 전교생이 두 명뿐이었다. 그나마 내가 졸업하고 나서 학생이 없어서 휴교했다고 한다. 제주도 남쪽에 있는 작지만 아름다운 섬, 마라도. 그곳이 내 세계였고, 이 세상 최고의 음식이 엄마가 만드는 짜장면이었다. 다시 말하지만 아홉 살이 될 때까지는.

그 작은 섬에 짜장면을 파는 집이 다섯 개나 있었다. 섬에 사는 사람들이 전부 짜장면만 먹고 사는 것 같겠지만, 사실 섬 사람들은 짜장면을 거의 먹지 않는다. 지금 생각하면 그 짜장면을 좋아했던 사람은 나밖에 없었던 듯도 하다. 심지어 그 짜장면을 만들어 파는 엄마도 짜장면을 잘 먹지 않았고, 나에게 잘 해주려고도 하지 않았다. 그 짜장면집을 먹여 살리는 건 육지에서 오는 사람들이었다. 아침에 한 번 점심에 한 번 들어오는 배가 육지 사람들을 잔뜩 뿌려 놓으면, 그 사람들이 여기저기 흩어져서 낚시를 하다가 짜장면을 먹으러 온다.

마라도 짜장면이 유명해진 데는 옛날 이동통신 광고가 한몫했다고 한다. 외떨어진 섬인 마라도에서도 핸드폰이 통화가 잘된다는 것을 보여주려고, 마라도 바닷가에서 짜장면을 핸드폰으로 주문하는 장면을 연출했는데, 이 광고가 대박이 터진 것이다. 그래서 마라도를 찾는 사람은 자연스럽게 이 광고를 떠올리게 됐고, 진짜 마라도에 짜장면집이 있는지 찾아보게 되었다는 것이다. 결국 맛하고는 아무 상관 없이 마라도 짜장면이 유명해진 셈이다. 마라도 짜장면에는 또 한 가지 다른 점이 있다. 바닷가라는 것을 강조하려고 오징어와 톳 같은 해조류를 매콤하게 볶아서 짜장면 위에 올려 주었다.

유래가 어찌 되었든 난 엄마의 짜장면을 좋아했고, 자주 만들어 주지 않는 엄마를 원망했다. 손님 먹을 것이라고 하며 그날 준비해둔 짜장면이 남아야 나에게 주곤 했다. 그보다 엄마는 내가 가게에 오는 것 자체를 싫어했던 것도 같다.

그날은 평일이었다. 비도 부슬부슬 내리고 있었지만 다행히 파도가 높지 않아서 배가 들어오는 데는 문제가 없었다. 파도가 높은 날이면 배가 들어오지 않아 짜장면집도 활기를 잃었고, 나도 아침에 사람이 들어오는 구경을 할 기회를 놓쳤다. 오늦은 그 기회를 놓치지 않아 다행이라고 생각했다.

아빠로 보이는 사람과 함께 배에서 내리는 한 아이가 눈에 띄었다. 아빠는 큰 낚시 가방을 등에 메고 있었고 내 또래쯤으로 보이는 아이는 하얀 비닐 우비를 입고 있었다. 남자아이인지 여자아이인지는 잘 보이지 않았지만, 그 배에서 내린 아이는 그 한 명이었기에 신경이 쓰였다. 내 또래의 아이와 말해볼일이 많지 않아서 난 육지 사람 중에 아이가 있으면 말을 붙여보고 싶었다.

그런 내 마음을 눈치챘는지 아이가 흘깃 내 쪽을 쳐다보았고, 난 고개를 돌렸다. 아이의 아빠는 목적지를 정해놨는지 바로 바닷가로 향했고, 아이도 그 뒤를 쪼르르 쫓아갔다. 나도 그들이 가는 쪽으로 따라갔다.

아이의 아빠는 낚시를 시작했고, 아이도 옆에서 자기보다 훨씬 큰 낚싯대를 들고 아빠보다 훨씬 심각한 얼굴을 하고는 낚시를 하는 척하고 있었다. 나는 조금씩 그 아이 옆으로 다가갔다. 아이도 내가 다가가는 걸 흘끔흘끔 곁눈질로 보고 있었다.

내 목소리가 들릴 정도로 가까워졌을 때 내가 물었다.

"어디서 왔니?"

아이는 들릴락 말락 하는 크기로 대답했다.

"인천."

목소리를 들으니 남자아이인 듯했다.

"인천이 어디야?"

"인천은⋯⋯."

아이는 쉽게 대답하지 못했다. 나처럼 인천이 어디인지 모르는 눈치다.

"서울 서쪽에 있는 바닷가 도시다."

낚싯대를 힘차게 한번 휘두른 아이의 아빠가 대신 대답해줬다. 서울이 어디인지 서쪽이 어느 쪽인지 잘 모르는 나는 그냥 고개를 한 번 끄덕이는 것으로 대답을 대신했다.

"그럼 인천이 집이야? 여기처럼 다 바다야?"

난 아이에게 물어보았다.

아이는 고개를 좌우로 흔들더니 다시 아빠를 바라보았다.

"아니, 집은 서울이고 인천에서 배를 타고 여기 왔단다."

"와."

난 작게 탄성을 내질렀다. 배를 타고 오다니 대단했다. 그럼 아까 들어온 배가 인천에서 온 배인 건가?

"그럼 아까 들어온 배가 인천에서 온 거야?

"아니 아까 그 배는⋯⋯."

아이는 다시 아빠를 쳐다보았다. 이제부터 저 아저씨에게 직접 물어보는 편이 낫겠다 싶었다.

아저씨는 낚싯줄을 열심히 감고 있었다. 낚싯줄 끝에는 검은색 물고기가 달려 있었다.

"왔다. 벵에돔이다."

아이의 아빠는 얼굴 가득 미소를 머금고 있었다. 아이의 아빠는 아이스박스를 열고 방금 잡은 벵에돔을 넣었다. 박스에는 서너 마리의 물고기들이 있었는데 섬에 살고 있는 나지만 이름을 알 수는 없었다.

"아, 배고프다."

아저씨는 만족스럽게 물고기들을 바라보며 말했다. 기회였다.

"아저씨, 짜장면 먹으러 가요. 우리 엄마가 짜장면을 만드는데, 정말 맛있어요."

"짜장면? 뭐 여기까지 와서 짜장면을 먹냐? 안 그래도 우리는 인천에서 맛있는 짜장면을 먹고 와서, 다른 거 먹고 싶은데, 다른 건 없니?"

없었다. 엄마의 가게에서는 오로지 짜장면만 팔았다. 내가 할 말이 없어서 우물쭈물하자 우비를 입고 있던 아이가 아빠의 바지를 살짝 잡아당겼다. 아이의 아빠는 알겠다는 듯 고개를 끄덕이더니 말했다.

"어디야? 앞장서라."

난 신이 났다. 엄마 가게에 손님을 데려가는 동시에 육지에서 온 아이와 이야기를 할 수 있는 기회가 생겼다. 약간 언덕길을 따라 올라가면 짜장면이라고 써 붙여 놓은 집에 다섯 개가 나오는데 그중 가장 마지막에 있는 집이다. 다들 무슨 방송에 나왔다는 팻말과 연예인 사진이 붙어 있다. 물론 우리 집에도 붙어 있지만 진짜 왔다 갔는지는 모른다.

"엄마, 손님 데리고 왔어."

난 칭찬을 받으리라는 기대를 하고 양껏 소리를 질렀다. 하지만 가게 식탁에 앉아 있던 엄마는 화들짝 놀라는 표정을 짓더니 이내 내게 인상을 썼다.

"가게 오지 말라고 했잖아. 너 공부는 하고 돌아다니는 거야?"

내 기대와는 다른 말이었다. 엄마를 생각해서 손님을 데리고 온 것인데, 칭찬은커녕 혼만 나다니. 그래도 난 내 할 일을 하기로 했다.

"여기 앉으세요. 너도 앉고. 짜장면 먹을 거죠?" 나는 대답을 듣기도 전에 엄마를 향해 외쳤다. "짜장면 두 개 주세요. 그리고 보너스로 제 것도요."

엄마는 인상을 쓰더니 주방으로 들어갔다.

그사이 나는 앞에 앉아 있는 아이에 대한 정보를 많이 들을 수 있었다. 물론 거의 아이의 아버지 입을 통해서지만.

아이의 아빠는 트럭에 물건을 싣고 여기저기 옮겨주는 일을 한다고 했다. 간혹 제주까지 물건을 날라 줄 일이 있으면 트럭까지 통째로 싣고 와서 이곳저곳을 돌아다닌다고 했다. 인천에서 제주로 오는 배편이 있는데 오늘 타고 온 배는 오하마나호라는 배라고 했다. 그러다가 하루 정도 시간이 남아서 아이의 아빠가 좋아하는 낚시를 하러 이곳 마라도로 온 것이라고 했다. 그리고 결정적으로 아이는 남자아이였고, 열한 살이라고 했다. 난 아홉 살인데, 할 수 없다. 벌써 반말을 시작했으니.

이런저런 수다를 떨고 있는데 엄마가 짜장면을 두 그릇 가지고 와서, 앞에 내려놓았다.

"내 거는?"

"넌 저쪽 가서 따로 먹어. 손님들한테 방해되잖아."

"괜찮아요. 여기서 먹어도."

아저씨가 지원 사격을 해 줬지만 엄마는 결국 허락하지 않았다. 옆옆 자리로 가서 혼자 먹을 수밖에 없었다. 그래도 오늘은 만족이다. 평소에는 잘 먹을 수 없었던 짜장면을 먹을 수 있으니까 말이다.

아이와 아이 아빠도 짜장면을 먹기 시작했다.

말없이 먹던 두 사람은 조용히 이야기하기 시작했다. 나는 자연스럽게 그쪽으로 귀를 기울였다. 작은 소리로 속삭이면 더 신경이 쓰이는 법이다.

"맛없다. 그치?" 아빠가 말했다.

아이도 끼적끼적 짜장면을 입으로 가져가며 고개를 끄덕

였다.

"이게 무슨 짜장면이야. 역시 짜장면은 인천이지."

"맞아."

아이도 조용히 동조의 말을 내뱉었다.

이게 맛이 없다고? 엄마의 짜장면은 세상에서 제일 맛있는 음식인데? 나는 참을 수가 없었다. 맛이 없다고 해도 내가 없다고 해야지. 왜 저 사람들이 맛이 없다고 해? 좋았던 기분이 완전히 나빠졌다.

"왜 이게 맛이 없어!"

난 아이를 향해 소리를 질렀다.

아이와 아이의 아빠는 깜짝 놀란 듯한 얼굴이 되었다. '어떻게 말을 들었지?'라는 표정과 '뭐라고 변명해야 하지?'란 표정이 섞인 전형적인 얼굴이었다. 숙제를 안 해 가서 학교에서 혼나고 집에 왔는데 엄마가 그 사실을 알고 있을 때 내가 짓는 표정이랄까? 그런 표정을 보니 난 오히려 더 화가 났다.

"이게 왜 맛이 없냐고! 세상에서 제일 맛있는 짜장면인데!"

"아니야. 맛있어. 맛있다고 했어."

아이의 아빠가 어색한 미소를 지으며 말했다. 그 순간 엄마가 달려와 내 팔을 잡아끌었다.

"너 나가. 왜 가게에 와서 난리야!" 동시에 사과를 하다가 하지 말아야 할 말까지 하고 말았다. "죄송합니다. 재가 아빠

없이 커서 버릇이 없네요."

그러자 난데없는 데서 폭탄이 터졌다. 그동안 조용히 앉아
있던 아이가 소리를 빽 지르기 시작한 것이다.

"맛없는 걸 맛없다고 하지! 아빠가 맛없다면 없는 거야!"

아이의 눈에는 눈물이 그렁그렁 달려 있었다. 엄마 팔에 끌
려 나가면서도 난 지지 않으려 했다.

"너희 아빠면 다야? 알지도 못하는 바보 같은 게!"

엄마는 나를 저지하려고 더 세게 잡아당겼다. 난 힘을 꽉
줬다. 알고 보면 난 어느새 거의 엄마의 눈높이 비슷하게 커
있었다.

"아빠한테 욕하지 마!"

난 아저씨한테 욕한 게 아니라 아이한테 한 것이지만, 뭐 별
상관은 없었다.

"바보한테 바보라고 한 게 뭐 어때서?"

그 순간 뭔가 얼굴 쪽에 큰 충격이 있었다. 무슨 일이 일어
난 것인지 알 수 없었다. 아이는 아빠가 붙잡고 있어서 나한테
닿지 않았다. 난 영문도 모르고 뺨을 어루만지고 있는데 옆에
서 천둥 같은 소리가 들렸다.

"나가! 왜 창피하게 엄마 망신시키니?"

엄마는 나한테 소리를 지르더니 아이와 아이 아빠에게 고개
를 꾸벅 숙였다.

"제 음식 솜씨가 없어서 죄송합니다. 맛없으셨죠? 음식값은 받지 않을게요."

그 순간 나에게 엄마라는 섬은 사라졌다. 나는 엄마 편이었는데, 엄마의 짜장면이 맛이 있든 없든 나에게는 최고의 짜장면이었는데, 나는 엄마에게 창피한 존재였나 보다.

난 씩씩거리며 밖으로 뛰쳐나왔다. 아직 비가 내리고 있었지만 상관없었다.

3

어제 점심부터 물도 안 마셔서 얼굴이 푸석푸석하다. 그놈의 짜장면 타령 때문에 잡생각이 나서 잠을 늦게 잔 이유도 있을 것이다. 꿀꿀했던 기억은 지워버려야 한다. 오늘은 오디션 날이니까. 새인어패럴에서 신인 모델을 뽑는다는 소식을 듣고 지원서를 낸 후 오늘만 기다렸다. 그동안 오디션은 여러 번 봤지만 새인어패럴이 가장 중요하다. 물론 오늘 또 오디션을 보러 간다는 것은 앞의 오디션에서 다 떨어졌다는 이야기이기는 하지만, 오늘의 오디션을 위한 훈련 정도로 여긴 것이기 때문에 크게 상관은 없다. 담임선생님에게 조퇴를 신청하고 을지로에 있는 새인어패럴 본사로 향했다. 담임선생님도 조퇴를 신청

하면 그러려니 한다. 별로 신경도 쓰지 않는 듯하다. 그편이 나한테는 좋지만.

본사에 도착해서 안내 데스크에 가서 오디션을 보러 왔다고 하니까 지하 1층으로 내려가라고 안내해 주면서 방문증을 줬다. 안내 데스크의 여직원이 나보다 키도 크고 예쁜 것 같아서 벌써 기가 죽으려 한다. 아무래도 패션 회사라 그런가?

내려가니 또 다른 직원이 안내해 준다. 내 번호는 53번인데, 명찰 같은 것은 주지 않았다. 그냥 번호를 외우고 있다가 부르면 들어가서 건네주는 옷을 입고 몇 바퀴 돌고 나오면 끝이다. 이전에도 그랬으니까.

"53번 들어오세요."

드디어 내 차례다. 기죽지 말고 힘내자, 라고 속으로 외쳤지만 벌써 어깨가 구부정해지려고 한다. 섀도복싱이라도 하고 싶지만 보는 눈이 있어서 그냥 들어갔다.

앞에는 세 명의 심사위원이 앉아 있었다. 그중 수염이 나고 양복을 입은 사람의 인상이 별로 좋지 않다. 수염이 귀찮은 듯한 손짓을 하며 말했다.

"자기소개 해 보세요."

"네, 저는 일반인 콘셉트의 모델입니다. 저 멀리 떨어진 외계인 같은 느낌이 아닌, 친근하고 푸근한. 그래서 나도 저 옷을 입고 싶다, 라고 생각하게 만드는 장점이 있습니다."

며칠 동안 계속 외운 자기소개다. 중학교에 들어갈 때까지 주변에서는 다 꺽다리, 롱다리라고 불렀지만, 주변 애들이 작아서 그런 것이었고, 그나마 중학교부터 성장이 멈췄다. 160센티미터도 안 되는 키는 모델이 되기에는 확실히 작았다. 그래서 '일반인'이라는 콘셉트를 잡았다. 그런데 아무도 웃어주지 않았다. 웃기려고 한 말은 아니지만 지금 분위기는 너무 싸늘하잖아?

"3번 복장. 그리고 워킹."

수염이 또 말했다.

"네!"

난 반사적으로 뒤쪽 간이 탈의실로 달려갔다. 그 뒤에 걸려 있는 십여 벌의 옷 중에 난 세 번째 걸려 있는 옷을 입고 나가야 한다. 아마도 내 분위기에 맞는 옷이려니 생각했는데, 세 번째 옷은 가슴이 깊게 파인 검은색 롱드레스다. 내가 가장 싫어하는 옷! 왜 도대체!

생각할 겨를이 없다. 이런 옷을 입을 때는 속옷도 입으면 안 된다. 자국이 날 수 있기 때문이다. 후다닥 옷을 입었는데 길이는 길고 가슴은 생각보다 너무 파였다. 혹시 몰라서 들고 온 양면테이프를 가슴에 붙여 옷을 고정했다. 그리고 워킹! 한 달간 학원에서 배운 것. 시선은 정면보다 2센티미터 위를 쳐다보고, 무릎은 될 수 있는 한 구부리지 않는다. 나한테 긴 드레스를 발로 차듯이 앞으로 나아간다.

심사위원 앞에서 정지 포즈를 하고 섰다.

수염이 나를 흘깃 쳐다보더니 말했다.

"가슴이 너무 큰 거 아닌가? 살 좀 빼야 할 것 같아. 가슴에 밖에 눈이 안 가잖아."

어느 순간 반말을 시작한 수염은 대놓고 마음에 안 든다는 표정을 지었다.

옆에 앉은 다른 위원이 뭔가 곤란한 듯 수염에게 말했다.

"위원님, 지금 열일곱 살입니다."

수염은 인위적인 미소를 짓더니 나를 보고 말했다.

"프로 모델을 꿈꾼다면 이런 정도 평가는 받아들여야 하는 거죠? 저 고소하실 건가요?"

저 능글능글한 미소와 갑자기 쓰는 존댓말은 내가 밟으면 꿈틀거릴 수도 없는, 저 아래쪽 존재라는 것을 알고 있다는 의미였다. 나는 목소리가 나오지 않았다. 그저 미소를 지을 뿐. 울어도 안 된다. 그러면 또 '프로답지 못하다'고 할 테니까.

오디션은 그것으로 끝이었다. 아무 반전도 없었다. 그 위원들은 덤덤하게 다음 지원자의 오디션을 볼 테고, 나한테 연락 올 일은 없을 것이다.

4

"관장님, 가슴 작아지는 운동은 없어요?"

미트를 대주던 관장님은 화들짝 놀란 표정을 짓더니 말했다.

"야, 아무리 네가 여자라도 그런 말 잘못하면 성희롱이야."

"그렇죠? 그런 것도 성희롱이죠? 어제 확 들이받았어야 했는데. 아 씨⋯⋯."

"왜 여기 와서 화풀이야? 어퍼컷이나 쳐. 넌 딱 선수 스타일이라니까."

미트가 부서지라고 주먹을 몇 번 날리고 나니까 스트레스가 좀 풀리는 느낌이었다. 이런 게 기분 좋으면 안 되는데⋯⋯. 다이어트 때문에 시작한 복싱이 좋아지면 안 되는데⋯⋯.

마무리 운동으로 줄넘기를 세 세트 정도 하고 있는데 구석에 최쏘리가 있었다. 계속 눈치를 보는 게 보였다. 어색하느니 내가 먼저 인사하는 게 속이 편할 것 같았다.

"야! 인사나 하고 지내자."

"어, 그 그래⋯⋯."

최쏘리는 쿵쿵쿵 줄넘기를 하며 인사했다. 정말 줄넘기를 할 때마다 쿵쿵쿵 소리가 났다.

"야, 그렇게 발뒤꿈치로 줄넘기를 하면 안 돼. 뒤꿈치를 들고 가볍게 해야지. 계속 그렇게 뛰다가 너 무릎 나간다."

"아, 그래. 고마워."

최쏘리는 계속 줄넘기를 했다. '쿵쿵쿵.'

짐을 정리해서 나오는데 최쏘리가 기다리고 있었다. 특유의 머뭇거리는 자세로 다가오더니 말했다.

"미안해. 저번에 그냥 그렇게 도망간 거."

미안하다는 말밖에는 할 줄 아는 말이 없는 것인가?

"나 좋아하냐? 인사나 하고 지내자고. 사귀자는 말이 아니라, '인사만' 하고 지내자고."

"아, 그래. 미안해. 불편할 줄 몰랐어. 그냥 난 미안하다고 말하려고……."

영화에서 보면 악당은 항상 이때쯤 등장하는데 딱 알맞은 타이밍이었다.

"야, 최쏠."

저번에도 비슷한 시간에 나타난 남자 두 명이었다. 최쏘리는 내 눈치를 보더니 달아나지 않고 말했다.

"왜 자꾸 찾아와. 난 할 말 없다니까."

"네가 전화를 안 받으니까, 찾아오지. 형만이 형이 너를 꼭 데리고 오랬단 말이야."

"난 형만이 형하고 볼일 없어. 너희한테도 그렇고."

음…… 난 여기에서 빠져도 될까? 중간에 끼어 있으니 매우 어색한 모양새가 되어 버렸다. 그 순간 최쏘리가 내 팔을 붙잡더니 말했다.

"자, 가자."

뭐지? 내가 언제 같이 가자고 한 적이 있었나? 혼자 도망가는 게 창피해서 이제 나를 데리고 도망치려고 하는 건가?

나는 얼떨결에 최쏘리를 따라 걸음을 내디뎠다.

"야, 그냥 가면 어떡해? 나도 심부름 온 거란 말이야."

두 명 중 좀 더 키가 크고 줄무늬 옷을 입은 사람이 말했다. 알고 보면 검은색 티셔츠를 입고 뱅머리를 한 작은 남자아이는 아무 말도 하지 않았다.

"난 형만이 형 밑에서 일하기 싫어."

"야, 형만이 형 많이 변했어. 이야기나 들어보라고. 이거는 원장 선생님이……."

"싫어!"

갑자기 최쏘리가 소리를 지르더니 내 손을 잡고 달리기 시작했다. 정말 뭐야! 오디션부터 시작해서 뭐가 되는 일이 하나도 없더니 이상한 일에도 휘말리게 생겼다. 아니 오디션부터가 아니라 그 전날 최쏘리가 짜장면 먹자고 할 때부터 제대로 되는 일이 없다.

줄무늬와 뱅머리가 조금 머뭇거리는가 싶더니 바로 쫓아오기 시작했다. 확실히 남자가 나보다 주력이 빠를 수밖에 없으니 곧 따라잡힐 것 같다는 것은 이해하는데, 최쏘리는 나보다 느린 듯했다. 내가 도망가는 것도 아닌데 최쏘리가 거추장스러웠다. 거의 따라잡히기 직전 난 갑자기 멈춰서 뒤로 돌았다.

줄무늬와 뱅머리가 당황한 듯 멈칫했다. 그 한순간이 기회다. 아무리 관장이 선수를 하라고 유혹한다지만 완력으로 남자 두 명을 이기기는 무리였다. 당장은 따라오지 못할 만큼의 타격을 줘야 한다.

난 허리를 숙임과 동시에 레프트훅을 줄무늬의 오른쪽 배에 꽂아 넣었다. 배운 그대로의 깨끗한 자세였다. 일명 '간 치기.' 영어로는 '리버샷.' 간에 충격을 받으면 사람은 일시적으로 움직일 수 없다. 복근을 그렇게 단련한 권투선수가 배를 맞고 갑자기 무릎을 꿇는 이유가 바로 이 '간 치기' 때문이다.

줄무늬는 '헉' 하는 소리를 남기며 바닥에 쓰러졌다. 뱅머리는 갑자기 일어난 상황에 어쩔 줄 몰라 했다. 내가 스텝을 밟으며 뱅머리 쪽으로 가니 주춤주춤 뒤로 물러났다. 싸울 의지가 전혀 없어 보였다. '다행이다.' 맞서 싸우다가 괜히 얼굴이라도 맞으면 당분간 오디션은 바이바이다. 난 최쏘리의 손을 잡고 달렸다. 뒤를 흘깃 보니 뱅머리가 줄무늬를 일으켜 세우고 있었다. 줄무늬는 최소 몇 분간은 달리지 못할 것이다.

5분 정도 달렸을까? 최쏘리가 오히려 그만 좀 달리자고 사정했다.

"그만, 숨차서 더 못 달리겠어."

"이게 누구 때문인데? 난 왜 도망가야 하는데?"

"네가 찬식이를 때렸잖아!"

"어이가 없네. 그 줄무늬? 그것도 너 때문이잖아!"

우리는 골목에 서서 헉헉대며 서로의 탓을 하고 있었다. 그러고 보니 본능적으로 내가 살고 있는 빌라 쪽으로 온 것 같다. 빌라의 B-02호. 대략 B라는 말이 붙어 있으면 반지하를 말한다. 그래도 햇볕이 조금은 드는 반지하다.

"야, 저기서 숨 좀 돌리고 가자. 아니 숨 좀 돌리고 너만 가라."

집에 누군가를 데리고 온 건 처음이다. 엄마도 집을 계약할 때만 왔지, 정식으로 내가 들어온 이후에는 한 번도 오지 않았다. 그 정도로 최쏘리는 위협적이란 느낌이 없었다.

최쏘리는 집으로 들어와서는 이곳저곳을 두리번거렸다.

"왜? 여자애 방은 뭔가 다른 게 있을 줄 알았어?"

난 물을 한 잔 건네며 말했다. 사실 집에서 줄 수 있는 건 물밖에 없었다. 다이어트를 해야 하기 때문에 음식을 집에 두지 않는다. 있으면 먹고 싶을 테니까.

"아니, 너 혼자 살아?"

구석에 쪼그리고 앉은 최쏘리가 물었다.

"응. 왜?"

"나도 혼자 살 거든. 그래서 어떻게 사는가 궁금해서."

고등학교에 다니는 학생 중에 1인가구가 이렇게 많은가?

"나야 제주도에서 유학 왔다지만 넌 왜 혼자 살아?"

"난…… 만으로 열여덟이 됐거든."

"열여덟? 그게 무슨 상관이야? 또 나이 얘기네. 진짜 오빠라고 불러달라고?"

"아니……."

최쏘리는 입을 삐쭉거렸다. 난 저 표정이 무엇을 말하는 것인지 안다. 말하고는 싶은데 말이 나오지 않는 바로 그 표정이다.

"아, 그냥 말해! 답답하니까."

"보육원에서는 만으로 열여덟까지만 살 수 있어. 열여덟이 넘으면 보육원에서 나가서 독립해야 해."

"아……."

난 뭔가 말을 해야 할 것 같은데 무슨 말을 해줘야 할지 몰랐다. 나도 부모가 없어, 라고 말할까 하다가 사실 난 엄마가 있다. 좀 멀리 있고, 말을 잘 안 해서 그렇지. 그러면 나도 아빠가 없어, 라고 하려니 사실 아빠도 살아는 있다고 했다. 아마도 이 육지 어딘가에는 있겠지. 그랬나? 그래서 엄마는 나를 곁에서 놓지 않으려 했던 것인가? 아빠였다는 그 사람처럼 육지 어디론가 떠나갈까 봐? 아니 지금 그 생각할 때가 아니다. 앞에 있는 이 최쏘리를 어떻게 위로해 주고 집으로 돌려보낼까를 생각해야 한다.

"그래도 난 괜찮은 편이야."

다행히 최쏘리가 먼저 말을 꺼냈다.

"아빠가 남겨 준 유산이 좀 있었거든. 얼마 안 되는 거지만, 아빠가 대학교에 들어가면 등록금은 내주겠다고 모았다고 하더라고. 그러니까 난 대학에 가야겠지. 다른 애들은 상황이 안 좋아. 아까 봤던 애들 있지?"

최쏘리는 손으로 자기 뒤를 가리켰다. 줄무늬와 뱅머리를 말하는 모양이다.

"응."

"그 애들한테는 오백만 원밖에 없어. 아마 이제 한 푼도 없겠지. 오백만 원으로 방 한 칸 구할 수 없다는 건 애들도 다 알아. 그나마 우리 원장님이 좋으신 분이라 여기저기서 후원을 좀 받아서 도와주고는 있지만 말이야."

"혹시, 그 애들이 네 돈을 노리고 찾아오는 거야?"

"음…… 아마도. 형만이 형하고 같이 산다고 하던데, 형만이 형이 소문이 좀 안 좋아. 주먹이라는 얘기도 있고……. 그래서 같이 안 어울리려고 도망 다니는 거야."

"권투를 배우는 것도?"

"그냥……. 누구를 때리려고 배운다기보다 자신감이라도 좀 생길까 해서……."

최쏘리는 내 얼굴을 가만히 보더니 말을 이었다.

"근데 그것도 다 소용없는 것 같아."

나한테 맞은 일을 떠올렸을 것이다. 조금 아까 일도 떠올렸을 것이고. 내 탓은 아니지만 최쏘리의 자신감을 떨어뜨리는 데 내가 한몫을 했다는 알 수 없는 죄책감을 느끼게 하는 눈빛이었다. 사과만 잘하는 줄 알았더니 미안하게 하는 데도 선수였다.

"일어나 봐."

"응?"

"아, 일어나 보라고."

내 말에 최쏘리가 엉거주춤 일어났다.

"나가자."

"응?"

"여기서 권투 연습할 거야? 이 작은 지하 단칸방에서?"

5

"자세 잡아 봐."

어린이 놀이터에서 권투를 하려니 어색한지 최쏘리는 주변을 둘러보았다. 벤치에 앉아 있던 할아버지가 호기심이 생겼는지 유심히 쳐다보기 시작했다. 나도 창피하다. 다시 최쏘리에게 말했다.

"자세 잡아 보라니까. 오늘 딱 한 번만 가르쳐 주고 이제 끝이니까."

최쏘리가 두 손을 올렸다. 역시 엉성한 자세다. 그냥 권투 같은 거는 때려치우라고 할까?

"원투는 배웠지?"

최쏘리가 고개를 끄덕였다. 원투는 잽과 스트레이트로 이루어지는 동작이다. 권투를 배우러 체육관에 가면 줄넘기 다음으로 배운다. 보통 하루, 길면 이틀 정도에 다 끝내고 다음 동작으로 넘어간다.

"앞으로 이것만 해. 누가 뭐라고 해도 원투만 완벽하게 익히라고. 내가 보기에 넌 권투를 배워도 누군가와 싸워서 이길 수 없을 것 같아. 그러니까 딱 한 번 올, 단 한 번의 기회만 노리라고."

최쏘리가 내 앞에서 원투를 해 보았다. 역시 느리다. 원투라도 제대로 할 수 있을까 하는 의심이 생겼지만, 뭐 안 되면 할 수 없는 거고, 쓸 일이 없을 수도 있다. 다만 기술 하나라도 제대로 쓸 수 있으면 떨어진 자신감이 조금이나마 올라오리라고 생각했다.

"왼손은 가볍게 뻗어. 가볍게 뻗어서 거리와 방향을 정하는 거야. 가볍게 뻗는다는 게 느리게 움직이라는 소리가 아니야. 빨라야 해. 상대가 깜짝 놀라야 해. 지금 상대하려는 사람은 프로 선수가 아니야."

최쏘리가 왼손을 뻗었다가 오른손을 뻗었다. 아까보다 조금 빨라졌다.

"동작이 너무 크잖아. 원투는 간결해야 해. 그렇게 있는 힘껏 주먹을 내지르면 몸이 흔들린단 말이야."

최쏘리가 다시 원투를 했다. 이제 창피한 것은 잊었는지 집중하기 시작했다.

"두 번째 스트레이트가 중요해. 사람들은 왼쪽이나 오른쪽에서 날아오는 주먹은 잘 막는데 앞에서 직선으로 날아오는 주먹에 취약해. 잘 기억해 봐, 나랑 처음 스파링했을 때 어떤 주먹에 나가떨어졌었는지. 그게 바로 스트레이트였어. 스트레이트를 날릴 때는 오른쪽 발에서 삑 하는 소리가 날 정도로 회전해야 해. 오른쪽 다리가 생명이야."

"근데……."

최쏘리가 주먹을 내리고 나를 쳐다봤다.

"근데 뭐?"

"나 왼손잡이인데 이렇게 해도 되나?"

"왼손잡이? 근데 왜 지금껏 이렇게 자세 잡았어?"

"처음 체육관 갔을 때 관장님이 이렇게 자세를 잡아 주기에……."

"야이!"

자신감이고 뭐고 한 대 때릴까, 하는 생각이 가슴 깊은 곳에
서부터 올라왔다.

참아야 한다. 참을 인(忍)자는 쓸 줄 몰라서 사람 인(人)자를
속으로 세 번 써 봤다. 이게 자식을 대하는 엄마의 마음인가?

"미, 미안해."

역시 최쏘리답게 사과부터 했다. 하지만 생각해 보면 나한
테 사과할 일은 아니었다. 다음에 관장이 미트를 대줄 때 모르
는 척하고 한번 제대로 때려 줄 생각이다.

"자세 바꿔. 오른손을 앞으로 내밀고 왼손은 턱에 대고. 아
까 배웠던 것을 반대로 해 봐."

최쏘리는 고개를 끄덕이더니 자세를 바꿔서 원투 동작을
취했다. 조금 전보다 훨씬 나아졌다. 희망이 조금 보이기 시작
했다.

최쏘리도 자신감이 생겼는지 땀이 송골송골 맺힐 때까지 쉬
지 않고 원투를 연습했다. 여전히 느리지만 그건 내가 어찌해
줄 수 없는 부분이니…… 포기하자.

최쏘리는 나를 보고 미소를 짓더니 말했다.

"배고픈데 짜장면이나 먹으러 갈래?"

"무슨 짜장면에 원수졌냐? 난 안 먹는다고!"

"아, 미안. 아빠랑 자주 먹은 음식이라 뭔가 중독 비슷한 게 됐었나 봐. 보육원에서 나온 후로 짜장면밖에 생각이 안 나."

보육원이란 말만 들으면 뭔가 할 말이 없어지는 기분이었다.

최쏘리는 머쓱한지 손으로는 계속 원투 동작을 하면서 말을 이었다.

"아버지는 트럭을 타고 뭔가 물건을 운송하는 일을 했었는데, 어려서 난 그게 뭔지는 몰랐어. 근데 밖에 나가서 하루 정도 집으로 못 올 일들도 있었어. 그런 날이면 항상 짜장면을 사 주셨어. '삼분 짜장은 이런 맛이 안 나, 그렇지?' 하면서 말이야."

"그래, 가게에서 먹는 맛은 안 나지."

나는 대답은 그렇게 했지만 머릿속으로는 '그래도 우리 엄마가 만든 짜장면보다는 맛있을걸?' 하고 생각했다.

최쏘리는 뭔가 생각난 듯 손을 허리에 올리고 하늘을 보더니 말했다.

"아빠하고 먹은 짜장면 중에 가장 기억에 남는 게 있는데, 내가 열한 살 때 아버지를 따라 인천에서 배를 타고 제주도까지 간 적이 있어. 아빠가 그때는 아주 바쁘지 않으니, 일 끝나면 제주도에서 같이 놀자고 했어. 아빠가 좋아하는 낚시도 하고……."

이거 어디서 많이 듣던 스토리인데?

최쏘리는 계속 말했다. "아빠 일이 끝나고 마라도라는 곳을 갔어. 우리나라 남쪽 끝이라고 하더라고. 거기서 낚시를 하는데 어디서 키는 껑충하고 못생긴 여자애가 오더니 자기네 집 짜장면을 먹으러 가자고 우기는 거야. 그래서 그냥 못 이기는 척 가서 먹었는데, 어찌나 맛이 없던지……. 그래서 맛이 없다고 했더니 그 성질 나쁜 계집애가 자기네 짜장면이 왜 맛이 없냐며 대드는 거야. 그래서 내가 한마디 해줬더니 막 울더라?" 최쏘리는 얼굴 가득히 미소를 짓더니 나를 쳐다봤다. "표정이 왜 그래?"

"너였냐?"

"응?"

"우리 엄마 짜장면 맛없다고 한 그놈이 너였냐?"

"응?"

"그리고 내가 언제 울었냐? 아무 말도 못 하던 쫄보놈이 누구였는데?"

"응?"

최쏘리는 상황 파악이 안 되었는지 "응?"만 반복하다가 한 발짝 뒤로 물러서면서 나한테 손가락질을 했다.

"너, 네가 그 기다랗고 못생긴, 아니 마라도 짜장면집 딸이야? 사투리도 안 쓰는데? 뭐 이런 우연이 다 있냐?"

"우연이고 뭐고, 너 때문에 내가……."

엄마한테 뺨을 맞고 그때부터 지금까지 이유도 알 수 없게 멀어졌다는 이야기까지는 하지 않았다.

"아, 미안해. 난 그냥. 어……."

뭔가 할 말이 생각나지 않는 것은 최쏘리도 마찬가지인가 보다. 둘은 한동안 말이 없었다. 이런 뜻밖의 만남을 반가워해야 할지, 그날처럼 싸워야 할지 알 수 없는 감정이었다. 그런데 마음 한구석에는 살짝 반가움이 있었다. 조금 왜곡됐지만 기억을 공유할 수 있는 사람을 만났다는 게 좋았다. 내가 먼저 말을 꺼냈다.

"근데, 서울 와서 동네 중국집에 가서 짜장면을 먹어봤는데…… 맛있더라. 우리 엄마가 하는 짜장면은 정말 맛없었던 거더라."

나는 어색함을 피하려고 공연히 새도복싱을 했다. 최쏘리도 은근슬쩍 원투 연습을 하기 시작했다.

"아니야. 지금 생각해 보니 아줌마는 그게 유일하게 먹어 본 짜장면이었을 수도 있어. 그래서 그렇게 만든 거 아닐까?"

유일하게 먹어 본 짜장면이라……. 그럴 수도 있었다. 엄마는 마라도에서 태어나서 결혼한 다음에 제주에 살다가, 다시 마라도로 돌아왔다.

"넌? 아빠는?" 최쏘리에게 물어봤다.

"아빠는 그 다음 해에 똑같은 일로 제주도에 가시다가 여객

86

선 사고가 나는 바람에······."

"혹시, 그······."

고개를 끄덕이는 최쏘리는 어느새 눈물을 철철 흘리고 있었다. 남자애가 그렇게 눈물을 많이 흘리는 것을 본 적이 없었다. 아니 정정하자면 사람이 그렇게 눈물을 많이 흘리는 것을 본 적이 없었다.

최쏘리는 눈물을 닦아내면서 떨리는 목소리로 말했다. "잊히지가 않아. 그냥 눈물이 나. 잊었나 생각해서, 그래서 말을 꺼낸 건데도 그냥 눈물이 나."

"그래. 뭐 어쩔 수 없지. 생각이 나는데 어떡하겠어?"

한참을 울던 최쏘리는 소맷귀로 눈물을 쓱쓱 닦았다. 땀에 눈물에 먼지에······ 더러웠다. 손수건 같은 건 없으니 어쩔 수 없다. 자기가 감당해야지, 뭐.

"넌 모델 한다면서 잘 돼 가냐?" 최쏘리가 정신을 차렸는지 물어봤다.

"키도 작고, 이렇게 평범하게 생겼는데, 모델이 될 수나 있겠냐?"

난 그 순간 새인어패럴의 그 싸가지 없는 심사위원이 떠올랐다.

"너도 해 봐, 원투."

"응?"

"네 무기가 평범함이라면, 그걸 제대로 쓸 수 있는 데서 제대로 기회를 잡아 봐. 패션에만 모델이 있는 게 아니잖아. 네 엄마한테는 짜장면이 원투였을 거야. 딸을 키우려고 유일하게 할 줄 아는 기술을 쓴 거지."

"원투라……."

골똘히 생각하고 있는데 최쏘리의 핸드폰이 울렸다.

"예, 원장님. 네……. 네."

최쏘리는 곤란한지 몇 발자국 떨어진 곳으로 가서 전화를 받았다. 전화를 받으면서도 고개를 꾸벅 숙였다. 사과하는 재능은 세계 제일일 것이다.

한참 전화를 받던 최쏘리가 돌아왔다.

"누군데 전화를 받으면서도 사과를 하냐?"

"원장님한테 혼났어. 애들 때리고 돌아다닌다고……. 내가 때린 것도 아닌데."

"그게 다 너 때문이잖아. 네가……."

할 말은 많지만 하지 않기로 했다.

"그리고 형만이 형 만나보래. 그 형이 내 걱정을 많이 한다고. 물러 터져서 아무것도 못할 것 같다면서 극장에 아르바이트 자리 소개해준대. 내가 영화 좋아하니까, 영화 보면서 일하라고. 그 이야기를 해 주려고 했는데 내가 전화를 안 받아서 아까 그 애들이 나 찾아온 거래. 형만이 형이 꼭 데려오라고 했다는 게 그 일이었나 봐."

"뭐야? 그렇게 나쁜 사람들도 아니었네? 왜 그렇게 도망 다닌 거야?"

최쏘리는 쑥스러운 미소를 짓더니 별것 아니라는 듯 대답했다.

"그러게."

난 더는 참지 못하고 최쏘리의 복부에 힘껏, 아니 한 오십 퍼센트의 힘으로 훅을 날렸다. 물론 그것만으로도 최쏘리는 바닥에 주저앉았다.

"그러게? 내가 왜 이러고 있는데, 그러게? 넌 정신 좀 차려야 해. 일어나 복부 단련 좀 하자."

일어난 최쏘리는 주춤주춤 뒤로 물러나며 예상대로 사과했다.

"미안해. 그냥 난 겁이 나서 그랬어."

"아휴."

내가 주먹을 내리고 주변을 돌아보니 아까 벤치에 앉아 있던 할아버지가 왠지 모르겠지만 엄지를 치켜세웠다. 나를 이해해 주는 사람은 저 할아버지밖에 없나 보다.

"어쨌든 고맙다. 나는 형만이 형한테 가 볼게."

최쏘리가 손을 내밀었다.

"그래. 가라. 혹시 무슨 일 생기면 원투 잊지 말고." 난 최쏘리의 손을 잡고 흔들어 줬다.

"응. 참 내 이름은 최솔이야."

"뭐 하는 거야? 전에 다 말해줬잖아. 난 강다래라고."

"아, 그랬나?"

"그러면 이름도 모르고 이러고 있었냐?"

"미안해."

나는 마지막 사과를 받고 나서 전화번호를 주고받고 헤어졌
다. 내가 보살펴 줄 일이 왠지 더 많을 것 같지만, 그리고 오빠
라고 부르지도 않을 테지만, 내 편 하나쯤은 생긴 것 같았다.
난 걸어가는 최솔의 뒤통수에 대고 크게 말해 줬다.

"가다가 화장실 있으면 세수하고 가. 너 더러워!"

#

저녁에 스마트폰을 들고 자주 가는 카페에 접속했다. 모델
지망생들이 모인 커뮤니티였다.

'원투라…….'

매번 들어가던 '패션' 게시판 바로 옆에 있는 게시판을 터치
했다.

'CF.'

90

6

오디션이 시작됐다.

최솔의 말을 듣고, CF 오디션에 프로필을 보냈는데 통과됐
다. 이번 오디션의 콘셉트는 블라인드라고 했다.

어떤 상품이 나올지 모르는 상황에서 요구하는 연기를 하는
것이다. 볼살 때문에 표정이 잘 나오지 않을 것 같아 어제 아침
부터 물도 먹지 않아서 그런지 립밤을 발라도 입술이 계속 마
른다.

"남은 네 분 들어오세요."

네 명이 동시에 오디션을 보는 형식이었다.

테이블이 네 개 있고, 각 테이블 앞에는 카메라가 설치돼 있
었다.

들어오자마자 뭔가 냄새가 나기 시작했다. 음식 냄새다. 갑
자기 허기가 졌다. 아니, 그보다 물이라도 한 모금 마셨으면 좋
겠다.

나는 두 번째 테이블에 앉았다. 옆을 둘러보니 오늘도 글렀
다는 생각이 들었다. 옆에서 봤는데 다들 코밖에 안 보인다. 어
떻게 다들 저렇게 코가 높지? 내가 무슨 자신감으로 CF 게시
판을 봤는지 모르겠다. 패션은 키가 작아서 안 될 것 같았는데,
여기서는 코가 낮아서 안 될 것 같다. 최솔이 떠올랐다. '원투

좋아하시네.'

진행자가 말했다. "자, 앞에 있는 음식을 최대한 감동스럽게 먹는 연기입니다."

블라인드라고 하더니 뭘 먹는지도 안 알려 준다. 하얀 보올에 뭔가 음식이 담겨서 나왔다.

"이번에 출시할 신제품 사천해물짜장라면입니다. 이제 앞쪽 카메라를 보고 연기를 시작하시면 됩니다."

심사위원들은 오로지 앞에서 모니터를 보고 평가하는 듯했다. 그건 그렇고 짜장이라니. 온갖 잡생각이 스쳐 갔지만 지금은 집중하는 수밖에 없다. 특별히 시작 사인은 없었다. 앞에 있는 카메라 렌즈를 쳐다본 다음 짜장면을 쳐다보았다. 이미 불은 데다가 굳기 시작했다. 실제 CF 촬영이었다면 뭔가 맛있게 만들겠지, 하고 혼자 상상하며 젓가락을 찔러 넣었다.

입에 가득 면을 넣는데 드는 생각이 있었다.

'더럽게 맛없네. 꼭 엄마가 만든 짜장면 같잖아. 엄마가 유일하게 먹어 봤을 그 짜장면 맛.'

눈치 없이 눈물이 나왔다. 맛있다는 표정을 지어야 하는데, 다 망했다. 거기다 계속 물을 안 마신 상태에서 굳은 짜장면을 먹는 건 최악이었다. 맛있게 후루룩 먹을 생각이었는데 꾸역꾸역 목구멍으로 계속 넘겼다. 입은 미소를 지으려고 노력했지만, 잘 되지 않았다. 잘못하다가는 눈물이 흘러나올 것 같았다.

최악이다. 이번 오디션도 망한 것 같다.

짜장면을 다 비우고 나서 간단한 집단 면접 같은 것도 있었는데 뭐라고 말했는지 생각도 잘 나지 않는다.

#

내 방으로 돌아오니 힘이 다 빠졌다. 일단 물을 한 잔 마시고 나서야 정신이 들었다. 어딘가 화풀이를 할 곳이 필요했다. 화풀이할 곳은 한 곳뿐이다. 그래서 전화를 걸었다.

"야, 최솔!"

"어? 왜?"

"너 때문에 다 망했어."

"무슨 말이야?"

"오늘 오디션 봤는데 네가 평범한 걸로 밀고 나가라며? 다 망했어!"

'미안해'라는 답변이 돌아올 줄 알았는데 의외의 대답이 돌아왔다.

"그게 왜 내 탓이냐? 대충 생긴 네 탓이지."

"어쭈? 많이 컸다."

이제 최쏘리라고 놀리지 못할 것 같다. 영화관에서 아르바이트를 하면서부터 꽤 당당해진 듯하다. 통화 중에 다른 전화가 왔다는 신호음이 울렸다.

"야. 끊어. 나중에 짜장면이나 사줘. 맛있게 먹어줄 테니까."

소리는 들리지 않았지만 전화기 너머에서 웃고 있는 것 같은 느낌이 들었다. 그리고 새로 걸려온 전화를 받았다.

"강다래 씨? 오늘 오디션 본 인성애드의 박성환 차장입니다. 오디션 통과됐습니다. 내일 사무실로 다시 방문해 주세요. 자세한 설명은 거기에서 드리겠습니다."

"네? 제가 왜요?"

이번에는 전화기 건너편에서 웃음소리가 확실히 들렸다.

"왜라뇨? 오디션 보셨으니까 합격한 거지요."

"그러니까……. 왜요?"

"음, 전 잘 모르겠는데 클라이언트들이, 그러니까 광고주들이 좋은 점수를 줬으니까요. 아마도 면접을 잘 보신 것 같아요. 누군가 생각나는 맛을 표현했다고 답변했죠? 감동적이었어요."

'내가 그랬나?' 그냥 뭐 나오는 대로 말해서 잘 모르겠다.

박 차장은 말을 이었다. "지금 미성년이지요? 취업하려면 부모 동의가 있어야 하니까 동의서도 준비해 주셔야 해요. 그럼 내일 봐요."

전화를 끊고 나서도 실감이 나지 않았다. 첫 번째 오디션 합격이다. 주인공도 아니고, 대사도 없겠지만 물에 발을 담그기 시작한 것이다. 그리고 엄마에게 전화를 해야 한다. 얼마 만이지? 공연히 손이 망설여졌다. 좋은 소식인데.

신호가 갔다.

"어……. 웬일이야."

엄마는 덤덤하게 대답했다. 그래 엄마는 그냥 엄마니까.

"엄마, 큰 거는 아니고, 그냥 꼽사리 끼는 건데…… 그리고 패션 쪽도 아니고……. 어쨌든 오디션 합격했어."

"꺄악!"

귀에서 윙 하는 소리가 났다. 누가 귀 앞에서 폭죽을 터트린 줄 알았다.

"잘됐다. 잘됐어! 내가 너 될 줄 알았어."

아직 엄마의 흥분은 가라앉지 않았다. 게다가 '잘될 줄 알았다'는 말은 처음 들어봤다. 그렇게 반대만 하더니.

"방학 되면 내려와라. 짜장면 만들어 줄게."

"안 먹어!"

난 공연히 성질을 냈다.

"먹기 싫으면 관둬! 어릴 때는 못 먹어서 안달이더니."

"그게 아니라 엄마가 올라와야 한다고. 와서 서류에 사인해 줘야 해."

"가야지, 가야지. 당장 가야지."

"뭐가 당장이야. 준비 잘해서 와."

전화는 그렇게 서로 타박하다가 끊어졌다. 엄마가 서울에 오면 짜장면 투어를 해 줄 생각이다. 짜장면 맛있게 하는 집은…….

최솔이 알겠지, 뭐.

철룡관 살인사건

조동신

"꺄아아악!"

그녀의 비명이 들리자, 나는 본능적으로 그리로 달려갔다. 그쪽을 보니, 그녀가 자리에 주저앉아 있었다.

"저, 저거, 저거……!"

"무슨 일인가요?"

나는 그쪽을 보며 물었다. 곧 식당 홀에 있던 사람들은 물론, 주방 사람들까지 모두 달려왔다.

"이, 이건……!"

나는 그녀가 살해당한 시체라도 발견했는지 놀라 그쪽을 보았는데, 그녀가 가리킨 곳에서는 피비린내는커녕, 쓰러진 사람도 보이지 않고 푸른색 돌조각들이 널브러져 있을 뿐이었다.

"아, 아니!"

"이, 이게……!"

조리복을 입은, 제일 연장자로 보이는 중년 남자가 그녀가 가리킨 푸른 돌조각을 보며 외쳤다.

"어, 어떻게 이게……!"

"뭐, 제가 경찰이라도 불러요?"

내가 외쳤다. 그러자 사람들이 모두 나를 보았다.

"어머, 어떻게 오셨죠?"

"핸드폰을 두고 간 것 같아서요. 찾으러 왔습니다."

일부러 한산한 시간에 왔는데, 사실은 그녀를 보기 위해서 왔다.

"해, 핸드폰이요? 전화는 해 보셨어요?"

중년 남자가 내게 말했다.

"그게, 무음으로 해 놔서요. 그런데 왜 그렇게 놀라셨죠? 살인이라니, 경찰 불러야 되지 않습니까?"

"아닙니다. 놀라게 해 드려서 죄송합니다."

"어떡해, 아빠! 우리 도장이……!"

그녀는 주저앉아 울기 시작했다. 왜 그렇게 서럽게 울고 있는 걸까.

"저게 뭔가요?"

"우리 가게 도장인데, 할아버지의 유품이란 말이에요! 우리 집 보물이고요!"

나는 슬쩍 그것을 보았다. 옥으로 만들어진 도장 같았다.

"아니, 대체 이게 어떻게 된 건가요?"

옥은 잘 알려져 있듯, 매우 단단한 돌이다. 떨어지는 정도로 깨질 리가 없다.

"옥도장이군요?"

"혹시, 손님이 깨뜨렸습니까?"

사장이 나를 보며 물었다.

"무슨 말씀! 저는 여기 방금 왔습니다!"

그러고 보니, 나를 의심할 만한 근거가 있었다. 밖에는 비가 오고 있는데 젖은 발자국은 내 거 하나뿐이다. 그 도장 근처에 방금 있었던 사람은 나뿐이었다.

그녀가 하도 서럽게 울어서 그런지, 주방 사람들까지 모두 나와서 나와 그녀를 번갈아 가며 보기 시작했다.

머리가 복잡해졌다. 날 여기까지 끌고 온 철호를 원망해야 하나, 아니면 날 버리고 간 전 여자 친구를 비난해야 하나, 아니면 내가 운이 나쁜 걸까. 그도 아니면 '블랙데이'란 걸 만든 사람에게 원망의 화살을 돌려야 하나.

"혹시, 이거 정말 철륭의 저주가 아닐까요?"

누군가가 한마디 꺼냈다.

"무슨 소리야!"

사장이 눈을 크게 뜨며 말했다.

#

그날 점심 무렵, 나는 과방에 앉아서 한숨을 푹 쉬고 있었다.

"뭘 그러고 있냐?"

철호가 내게 왔다.

"오늘이 4월 14일이지? 블랙데이란 건 왜 만들었을까?"

"장삿속이지 뭐."

나는 퉁명스럽게 대답했지만, 철호는 씩 웃었다. 나는 짜증이 났다. 블랙데이, 누가 만든 말일까. 아니, 누가 만든 날일까.

1990년대였을까, 발렌타인데이는 2월 14일, 화이트데이는 3월 14일이다. 알다시피 전자는 여자가 남자에게 초콜릿 주는 날, 후자는 남자가 여자에게 사탕을 선물하는 날이다. 사실 나라별로 이 풍습은 다 다르다고 하는데, 1990년대쯤에 4월 14일을 블랙데이로 정하자는 말이 나왔다.

간단하다. 화이트데이든, 발렌타인데이든 아무것도 받지 못한, 즉 애인이 없는 사람이 짜장면을 먹는 날이다. 짜장면이 검은색이니, 애인이 없는 암울함을 검은색으로 위로하는 날이라고 한다. 그 뒤 사실 장삿속이겠지만, 매달 14일마다 로즈데이, 실버데이 등등, 나로서는 다 외지도 못할 별별 '데이'들이 생겼다.

아니, 굳이 말할 필요는 없다. 중요한 점은 올해 초까지만 해도, 내가 블랙데이에 짜장면을 먹을 것이라는 생각은 한 적도 없었다는 점 그 자체였다. 발렌타인데이를 앞두고 여자친구에게 차이다니. 내가 군대 다녀오는 동안 기다려 준 여자라서 정말 꼭 책임지겠다고 결심을 했는데, 알고 보니 말만 그랬지 양다리를 걸치고 있었다. 그 때문에 거의 두 달 동안 나는 기가 막혀서 거의 폐인처럼 살았다.

"짜장면이나 먹으러 가자."

철호가 말했다.

"짜장면? 누구 염장 지르냐? 블랙데이라고?"

"뭐 어때?"

"비도 오는데, 굳이 학교 밖에까지 나가서 먹어야 되냐?"

"그리 멀지도 않아. 비 올 때 짜장면 먹어도 괜찮지, 뭐."

철호가 씩 웃으며 말했다. 그는 블랙데이고 화이트데이고 눈이 오고 비가 오고 상관없이, 짜장면을 먹으러 가는 마니아 중의 마니아였다. 전국의 중국집을 모두 돌아야 직성이 풀릴지 하루에 열 그릇을, 그것도 전부 가게를 바꿔 가며 먹은 날도 있다고 한다.

"장삿속이라며?"

"뭐 어때?"

철호는 한 말을 또 하며 나가자고 했다. 그때 싫다고 했다면 나중에 어떻게 되었을까.

"저기야."

그의 말대로, 학교에서 그 중국집까지는 그리 멀지 않았다. 이름은 '철룡관'이었는데, 세월의 풍파가 담긴 간판만 봐도 매우 오래된 가게라는 느낌이 척 왔다. 가정집을 개조해서 만들었고, 옥상에 가득 놓인 장독대가 아래층에서도 보였다. 배달을 많이 다니는지 배달통이 많이 쌓여 있었다.

"여기가 어떤 덴데? 유명해?"

"춘장을 직접 담그는 가게야. 저기 옥상에 장독대 보이지? 대학 3학년인데 이런 데를 아직도 몰랐다니 나도 한심할 정도다."

"그런데, 중국집에서 웬 장독대?"

"중국집 역시 춘장이 중요하잖아?"

철호가 말했다.

"그게 왜?"

"우리나라 중국집은 전부 같은 회사에서 생산되는 춘장을 사서 쓰는 거 몰라?"

"그런가?"

"그것도 모르다니, 하지만 춘장을 직접 담그는 집도 드물게 있거든. 여기가 그런 집이잖아."

"그래도 뭐, 춘장이 다 그게 그거 아니냐? 너는 짜장면 만드는 법은 알아?"

솔직히 짜장면만큼 보편적으로 우리나라 사람들이 다 좋아하는 음식은 드물 것이다. 물가 측정 기준 중 하나가 짜장면 값일 정도니까. 하지만 나도 그처럼 마니아는 아니었으니 핀잔주듯 말했다.

"먼저 중화 냄비에 기름을 두르고 춘장을 튀기듯 볶아서 콩비린내를 날린 다음에, 다른 냄비에 양파랑 돼지고기를 볶아, 돼지고기를 먼저 넣지 않으면 양파가 타 버리지. 그리고 볶은 춘장이랑 조미료(혹은 닭 육수)를 넣고 볶은 다음에 여기에 물이랑 물전분 넣고 끓이면 짜장면, 기름으로 약간 퍽퍽하게 볶으면 간짜장이지. 그런데 사실 짜장면은 양을 늘리려고 일부러 그렇게 만들었다는데."

철호는 조금도 망설이지 않고 대답했다.

"제법이네. 직접 만들지 그래?"

"직접 만든 적도 있다 뭐. 거기다 고기랑 양파를 큼직하게 썰면 일반 짜장, 아주 잘게 다지면 유니짜장이라고 하지."

"못 말려. 넌 어쩌다 이렇게 짜장면만 보면 정신을 못 차리게 됐냐?"

나는 불쾌함이 가시지 않은 채 물었다.

"색깔 때문에."

"응?"

"짜장은 검은색이고, 면은 하얗잖아. 그런데 면은 밀가루로 만든 거고, 춘장 역시 밀로 만든 건데 맛이 그렇게 차이가 나면서도 잘 어울린다는 게 신기했어. 그래서!"

"공밥이랑 된장이 어울린다고 해라, 차라리. 콩밥도 하얗고 된장은 누렇잖아."

"콩밥이랑 된장도 어울리지 왜?"

철호가 씩 웃으며 말했다. 하긴 그렇기도 하다. 내 비유가 이상했나.

그건 그렇고 메뉴를 보니, 짜장면 종류가 여러 개 있었다. 오리지널은 이곳에서 직접 담근 짜장, 거기에 기존 춘장을 반 섞은 짜장, 특이하게도 된장을 조금 섞은 짜장면까지 있었지만, 나는 하나도 눈에 들어오지 않았다.

나는 여전히 불쾌감, 날 두고 양다리를 걸친 여자친구에 대한 화가 가시지 않은 상태에서 앉아 있었다. 거기다, 내가 블랙데이에 짜장면 먹게 되었다는 사실 자체에도 화가 나 있었다.

문득 별생각 없이 가게 안을 둘러보았다. 여기는 꽤 인기가 좋은지, 사람으로 가득 차 있었다. 블랙데이라서 그런지도 몰랐다. 그런데 왜 이 가게는 손님들이 거의 남자만 있다시피 한지 알 수 없었다. 남자들만 솔로는 아닐 텐데. 잠시 후, 그 답은 금방 나오고 말았다.

"주문하시겠어요?"

그녀는 우리를 보며 물었다. 훤칠한 키에 팔꿈치까지 내려오는 긴 생머리, 깊고 큰 눈, 확 눈에 띄는 미모까지, 주변 남자들 눈은 모두 그녀를 향하고 있었다. 연예인 중에는 아르바이트 도중 연예 기획사 사람의 눈에 띄어 데뷔한 사람도 있다는데, 그녀 역시 충분히 그럴 수 있을 것 같았다. 나는 서둘러 주문을 했다.

"짜장면, 곱빼기로 둘이요. 군만두에 빼갈, 짬뽕국물도 주시고요."

"네."

주문을 받고 돌아서는 그녀의 뒷모습마저도 아름다웠다.

"야!"

철호가 갑자기 눈이 휘둥그레졌다.

"아, 왜?"

"뭘 그리 뚫어지게 보고 있냐? 그리고 짜장면만 시키면 됐지 왜 군만두까지 먹어? 거기다 대낮부터 웬 술이야?"

"응, 아무것도, 아니야! 배고프네! 비도 오고 분위기도 있잖아!"

나는 얼굴이 붉어졌다. 사실, 가게의 손님 대부분이 나와 비슷한 얼굴을 하고 있었다. 하긴 그녀를 보기 위해서라면 매일, 아니, 하루 세 끼를 전부 여기서 먹으러 올 수도 있을 것 같았다. 이런 이야기도 있지 않은가. 어느 가게 아르바이트생을 짝사랑하게 되어 매일 그 가게에서 같은 물건을 산다든지 하는.

쏴우간 니의 칠호는 일닥 빼갈로 건배를 한 뒤 짜장면을 먹기 시작했다.

"확실히, 이 집 짜장면 맛은 좀 다른 것 같네."

철호가 말했다. 그는 그녀보다는 짜장면에 흥미가 많은 것 같았다. 짜장 색은 우리가 흔히 아는 바와는 달리 진한 갈색이었다.

"캐러멜 시럽을 쓰지 않아서 색이 갈색이구나. 블랙데이랑은 어울리지 않아서 실망했어? 군만두도 외부에서 사온 게 아니라 직접 만들었네?"

철호가 사진을 찍으며 말했다. 확실히 우리나라 중국집 군만두는 다 외부에서 사온 완제품을 튀기거나 구워서 내놓는데 비해 이 식당 것은 직접 만들어서 찐 다음에 구웠는지 한쪽면만 바삭하게 구워져 있었다.

"넌 어떻냐?"

"뭐 말이야?"

"짜장면 말이야!"

철호가 어이가 없다는 얼굴로 말했다.

"아, 뭐, 맛만 좋네! 손수 담근 춘장이 이런 맛이 나는구나!"

내 마음은 이미 짜장면은 물론 만두에서도 떠난 지 오래였다. 철호가 날 여기로 데려온 덕일까, 그가 짜장면 마니아인 덕일까? 좌우간 그에게 고맙다는 생각이 들어 보긴 처음이었다.

한편으로는 그렇지만도 않았다. 그녀에게 남자친구가 이미 있으면 어떻게 할까. 거기다 이 식당에 모인 사람들의 눈이 어디로 향하고 있는지 금방 다 알겠는데 경쟁률도 높을 것이다.

나는 아주 전형적인, 바보 같은 생각을 하고 말았다. 무슨 핑계를 대서든 여기 다시 오고 싶었다. 그래서 핸드폰을 실수로, 아니 일부러 거기 두고 가 버렸다. 그러고는 철호는 거의 쫓아 보내다시피 하고 그 근처에서 적당히 시간을 보냈다. 핸드폰을 누가 집어 가 버리면 어쩌나 하는 생각은 아예 하지 않았다. 그러다가 공중전화로 내 핸드폰에 전화를 했다.

"여보세요."

전화기 너머로, 절대로 잊을 수 없는 목소리가 들려왔다.

"거기, 혹시 '철룡관'인가요?"

"네. 아, 이 전화기 주인이세요?"

"그래요. 내 정신 좀 봐라. 거기 두고 갔군요? 제가 금방 그리로 가겠습니다!"

내가 굳이 그런 생각을 한 이유는 뭘까. 차라리 매일 찾아가서 눈도장을 찍든지 하는 방법도 있는데, 한 번이라도 그녀를 다시 보고 싶은 핑계를 생각해 낸 게 고작 그거였나. 나는 적당히 시간을 샌 뒤 그리로 갔다 점심 피크 시간이 지나서 그런지 가게에 사람은 없었는데, 들어가자마자 눈에 띈 것은 그녀가 웬 남자랑 이야기를 하는 모습이었다.

"어머, 전 생각, 없어요!"

"잘 생각해 보세요. 아가씨가 이런 데서 이러고 있으면 인재 낭비죠!"

"아니에요!"

무슨 일일까, 혹시 치근덕대는 걸지도 모른다. 그렇다면 내가 나서 말려 보려고 했는데, 그는 그녀에게 말했다.

"네. 그럼 오늘은 가겠습니다. 여기 명함 두고 갑니다. 오디션이랑 카메라 테스트는 상시로 하니까 한번 보러 오세요!"

"그러실 필요 없다니까요!"

그녀는 명함을 난처한 얼굴로 받아들었고, 남자는 나갔다. 점심때가 지나서 그런지 안에는 사람이 별로 없었다.

"배달 다녀오겠습니다!"

배달부는 헬멧을 쓴 채 철가방을 들고 밖에 나갔고, 곧 오토바이 시동 소리가 들렸다.

"저기, 핸드폰······!"

"꺄아아악!"

갑자기 그녀의 비명이 내 말을 끊었다.

#

그 뒤, 그녀가 비명을 지르는 바람에 뭐랄 수 없었다.

"정말, 당신이 한 거 아닙니까?"

사장이 나를 보며 말했다.

"아, 아닙니다! 전 그냥, 핸드폰 두고 가서 찾으러 왔어요!"

"그, 그래요? 혜진아, 그만해라. 핸드폰 드리고!"

그녀의 이름을 알았다는 사실이 하나의 소득(?)인가. 나는 근처를 보았다.

"그래도, 아니, 대체 누가 이걸 깨뜨린 거야?"

나는 뭐라고 해야 할지 몰랐다.

"이게 뭡니까?"

"아, 미안합니다. 손님. 하지만, 누가 이 도장을 깼는지 알 수 없어서요."

"저도 모르겠습니다."

혜진이 비명을 지른 이유가 무엇일까. 물론 이 도장은 그리 비싸 보이지는 않았다. 그렇다면 부수지 않고 훔쳐갔을 것이다. 아마도 이 도장이 이 가게에서는 중요한 보물이라는 사실을 알기에, 이곳에 뭔가 원한이 있는 사람이 한 짓일까.

"분명히 이 자리에는 아무도 없었어요!"

혜진이 외치듯 말했다.

"아무도 없었니요?"

"네."

그녀는 한 손에 대걸레를 들고 있었다. 점심 피크 시간이 끝나고 그녀가 걸레질을 했다는 말이 된다. 그런데 이곳에 젖은 발자국은 내 것뿐이다. 다시 말해 아무도 이 가게에 들어오지는 않았다. 배달하는 사람은 전부 뒷문으로 간다고 했다.

나는 이럴 때는 어떻게 해야 할까, 많이 망설여졌다. 이대로 돌아가는 게 좋을까, 아니면 그녀에게 뭔가 멋있게 보여야 할까.

"여, 여길 좀 보세요!"

나는 억지웃음을 지으며 말했다.

"뭡니까?"

"이 주변을 보니까, 방금 걸레질 하셨죠? 그런데, 보이겠지만 여기에 비에 젖은 발자국은 제 것뿐이잖아요. 그러니까, 외부인이 범인일 리는 없죠!"

물론 배달하는 사람의 발은 젖었을 수 있다. 하지만 그 도장이 있는 곳은 이 가게에서도 구석진 곳이다. 배달부가 이곳에 일부러 걸어올 리는 없다.

"뭐, 손님, 갑자기 형사 흉내 내십니까?"

사장이 날 보며 물었다.

"혀, 형사는 아니지만요."

내가 끼어들어도 될까, 오히려 이상한 사람 취급받지 않을까 하는 생각이 들긴 했지만, 이상하게 호기심이 들었다.

"어떻게, 다시 한 번 맞춰 볼까요? 혜진아, 그래도 손님들도 보는데 이렇게 울고 있으면 어떡해?"

중년 부인이 나오며 말했다. 그녀가 그 중년 남자의 아내일 것 같다는 생각이 들었다.

"어, 엄마……, 이거 할아버지 유품인데 말이에요!"

혜진은 훌쩍거리며 도장 파편들을 주워 모았다. 부인은 사장에게 말했다.

"그러길래, 이걸 집에다 두자고 했잖아!"

"가게에 둬야 잘된다고 했잖아!"

나는 그 도장을 보았다. 그런데 좀 이상했다. 그걸 부수려면 망치 정도는 있어야 할 텐데, 그게 어디 있는지 알 수 없었다. 그 주변에 있는 물건 중 옥도장을 깨뜨릴 만큼 단단한 것은 찾아볼 수도 없었다.

"이거, 정말 철룡의 저주는 아닐까요?"

"그게 말이 돼?"

부인이 그렇게 말한 사람을 흘겨보며 말했다. 그는 주방 보조 같았다.

어느새 주방 사람들까지 나와 있었다. 하긴 혜진이 비명을 질렀으니 다들 그랬을 것이다.

"아니, 그렇다고 손님들까지 보는 데서 그렇게 엉엉 울면 어떡해? 난 강도가 든 줄 알았네."

"그러게 말이다."

사람들이 서로 한마디씩 했다.

사장이 주방장을 겸하고, 계산대는 그 부인이 맡는 모양이었다. 그리고 혜진이라고 한 그녀는 주로 홀 서빙을 했다. 주방 스태프는 사장까지 합쳐 네 명이고, 배달하는 사람은 몇 명인지 모르겠다.

앞서 언급했듯, 도장이 깨졌을 때 그 근방에 젖은 발자국은 내 것뿐이었다. 그러니 나거나, 아니면 그 연예기획사 명함을 주고 간 남자였거나.

나는 가게에서 나왔지만, 아무리 생각해도 신경이 쓰였다. 거기다 혜진이 왜 그리 슬퍼하는지도 알 수 없었다. 혹시나 해서 스마트폰으로 '철릉관'을 검색해 보았다. 뜻밖에 인터넷에 방문 후기가 많이 있었다. 직접 담근 춘장을 쓰는 집이라는 점이 홍보가 된 모양이다.

그중 하나의 기사가 눈에 띄었다. 철릉관이란 철릉에서 따온 말이었다. 철륭은 우리나라 전통의 터주신, 즉 가옥을 수호하는 신 중 하나인 장독대의 신이다. 그런데 뚜렷한 신체(神體)가 없다는 점이 특징이고, 대개 집 뒤에 있는 나무를 철륭나무라 하는데 이것을 베거나 제사를 소홀히 하면 집에 저주가 내려진다는 말이 있다. 꼭 베어야 한다면 제사를 지내거나 철륭이 옮겨갈 나무를 만든 다음에 베어야 한다.

중국집인데 우리나라 민속 신앙인 철륭의 이름을 따다니 약간 우습긴 하지만, 앞서 언급한 대로 직접 담근 춘장이 이 집의 특징이니 그만큼 장을 소중히 여겨서 이름도 그렇게 지었을 수 있다. 그런데, 철륭의 저주가 내려진다고 한들 왜 도장이 깨졌을까. 나는 약간 이상하다는 생각이 들었다.

앞서 언급했듯 이곳은 가정집을 개조해 만든 곳이다. 고개를 들어 보니, 가게 옥상에 있는 장독이 금방 눈에 띄었다.

가게 뒤로 잠깐 돌아갔는데, 뜻밖에 혜진이 나와 있었다.

"어머나? 손님?"

"그 도장이 그렇게 중요한 건가요?"

나는 뭐라고 할까 하다가 그만 그렇게 말했다. 그녀는 말끝을 흐렸다.

"네……."

그녀는 잠시 있다가 말했다.

"우리 집이 춘장을 직접 담가서 짜장면 하는 거 아시죠?"

"아, 네. 그래서 이름도 '철륭관'인가요? 장독대의 신."

얼른 아는 척해야지. 그녀는 뜻밖이라는 얼굴로 나를 보았다.

"네. 그래서 철륭관 하니까, 누구는 무당집인 줄 알았대요."

"하하하."

"그런데 할아버지가, 특이한 유언을 남기셨어요."

"네?"

"그 도장에, 할아버지 특유의 그 춘장 만드는 비법이 숨겨져 있다고 하셨어요. 그게 뭔지 가르쳐 주신다고 했는데 갑자기 돌아가셨어요."

그녀는 요즘 젊은 사람들답지 않게(물론 나도 젊긴 하지만) 할아버지와 사이가 아주 좋았던 모양이다.

"춘장 만드는 비법을 어디, 문서에 남기신 건가요?"

나는 조금 이상해졌다. 하지만 이해가 가지 않는 것도 아니었다. 전술한 대로, 우리나라 중국집의 춘장은 전부 같은 회사에서 만들어 낸 것이다. 자신만의 춘장을 만들어야 독특한 맛을 낼 수 있을 것이다.

"네. 할아버지가 만드신 작업일지가 있는데 그걸 어딘가에 숨기시겠다고 했어요. 그걸 찾아보라고 그러시더라고요."

"할아버님이 수수께끼 내는 걸 좋아하셨나 봐요. 그런데 누가 그 도장을 깨고 그 안에 있던 그 비법, 아니 그 단서를 훔쳐 갔단 말인가요?"

나는 놀랐다.

"수수께끼요? 네, 엄청 좋아하셔서 저도 어렸을 때부터 할아버지가 내 주신 수수께끼 푸느라 혼났어요. 그런데 이번 건 솔직히 모르겠어요. 며칠 전에, 우리 가게 뒤편에 있는 나무 밑을 팔 일이 생겼는데 거기에서는 아무것도 나오지 않았어요."

"나무 밑에 뭐가 숨겨져 있었나요?"

앞서 밝혔듯, 그 나무가 철륭나무였다면 함부로 건드렸다가는 재앙이 닥칠 수 있다고 한다. 하지만 오늘날 그런 믿음은 거의 사라진 뒤다.

"물론 저는 철륭이다, 그런 무속은 믿지 않아요. 하지만 그다음부터 식당에 도둑이 들기도 했고요."

"도둑이요?"

"며칠 전엔가 식당에 도둑이 들었다고, 그런데 없어진 게 없어서 다행이었어요!"

이 식당이 그리 큰 곳은 아닌데 굳이 이곳을 털려고 할 필요가 있었을까.

"가게에 비싼 게 있나요? 요즘은 현금을 잘 쓰지도 않을 테니까 계산대를 털기에는 위험할 텐데."

"가출 청소년들이 가끔 가게들을 털려고 하는데, CCTV는 계산대에만 있어서 모르겠어요."

116

계속 뭔가 물으면 그녀가 이상하게 생각할지 몰랐지만, 나는 그녀에 대한 관심을 뛰어넘은, 약간의 호기심이 들었다.

"저 춘장은, 여기서 직접 담그시나요?"

나는 옥상을 가리키며 물었다.

"아니요. 서울은 공기가 나빠서 못 해요. 할아버지가 춘장 담그는 농장을 직접 충청남도에 지으셨어요. 거기서 오는 거예요."

그녀는 한숨을 푹 쉬었다.

"거기에 남아 있는 춘장만 해도 얼마 동안은 쓸 수 있으니까, 그동안 그 성분을 분석하면 제대로 만들 수 있을 거라고 그러시네요. 하지만 할아버지 특유의 맛을 낼 수 있을까 모르겠어요. 그리고 춘장을 새로 만든다고 해도, 숙성시키는 데만도 2년은 걸리거든요."

"사실 뭐, 장 담그는 것도 익숙해져야 한다고 했으니까요."

나는 뭐라 할 말이 없었다. 된장이나 간장 등은 아주 흔하지만, 수제로 제대로 만들려면 이 역시 쉬운 일이 아닐 것이다.

"대체, 누가 우리 도장을 깨뜨렸을까요?"

그녀는 머리를 저으며 말했다.

"현장에는 망치 같은 것도 없었고, 깨지는 소리도 듣지 못했죠? CCTV는 확인해 보셨어요?"

"방금 확인했는데, 고장이 났어요. 언제 났는지 몰라요. 그리고 그 도장 깨진 건, 손님이 우리 가게 들어오고 거의 직후에 그랬어요."

나는 한 가지 생각이 났다.

"아무래도 이 방법을 쓴 거 아닐까요?"

"어떤 방법이요?"

"추리소설 같은 데서는 흔히 쓰는 트릭입니다. 비슷한 크기의 옥도장을 하나 구한 다음에 그걸 깨뜨려서 파편을 가져온 다음에, 도장은 훔치고 파편을 그 자리에 뿌리고 달아나는 거죠. 깨지는 소리가 나지 않았다면 이게 제일 유력한 방법이죠!"

"어머나."

그녀는 감탄하는 듯한 얼굴로 나를 보았다. 평소 추리소설 좋아한 보람이 이런 데서 있을 줄은 몰랐다. 이제 점수를 좀 딴 셈인가.

"그 도장에 춘장 만드는 비법이 있다는 사실을 아는 사람은 몇 명이나 될까요?"

"우리 가게 사람들은 다 알아요. 그런데 그게 무슨 뜻인지는 한 명도 몰라요."

주방 사람은 사장까지 합쳐 네 명, 배달하는 사람 두 명, 그리고 홀 서빙 및 계산대는 그녀와 그 어머니가 하고 있으니 전부 8명이라 할 수 있다. 여기서 그녀를 포함해 아버지, 어머니를 제하면 5명이 용의자다.

"그렇다면, 배달부가 범인일 확률이 높죠!"

내가 말했다. 앞서 언급했듯 그 근처에는 내 발자국만 있었다. 그리고 그 연예기획사 이사라는 사람의 발자국은 그녀가 덮었을 것이다.

"글쎄요, 그럴 사람 같지 않았는데……?"

혜진은 고개를 갸우뚱했다.

"아니면 주방 사람들 중 그럴 만한 사람이 있나요?"

부주방장인 최영식, 그리고 보조인 맹기원과 김수일, 배달부인 박성규라, 이들 중 한 명이 범인일까.

"그 사람들 중 그것들을 훔칠 동기가 있는 사람이 있을까요?"

나는 그녀에게 물었다. 그녀는 고개를 저었다.

"춘장 만드는 법, 그게 할아버지가 만드셨던 방법은 자세한 점까지는 우리도 잘 몰라요. 콩 배합이 관건이니까요. 하지만 그건 자신만의 방법이니 개발하려면 누구나 할 수 있지 않을까요?"

"콩 배합이요?"

알고 보니, 춘장도 된장처럼 메주콩으로 만들지만 여기에 다른 종류의 콩을 얼마나 배합하느냐에 따라 맛이 좀 달라진다고 한다.

"하지만, 그게 비법 훔쳐간다고 금방 되는 게 아닐 걸요? 장을 만들 때는 물이나 공기가 중요하니까 그만한 땅을 구하러 다니는 데도 꽤 발품을 팔아야 하고요. 우리 할아버지가 그 때문에 고생을 많이 하셨대요."

"아, 그렇군요."

"굳이 말씀드린다면, 작년에 동네에서 중국집들이 짜장면 대회를 열었는데 우리 가게가 우승했거든요. 그런데 그 때문에 다른 중국집 쪽에서 우리 춘장을 탐내는 것 같았어요. 특히 큰 체인점에서도 비법 알려 달라고 했는데, 할아버지가 건강이 갑자기 나빠지셨어요."

"그래요?"

나는 고개를 갸우뚱했다.

"그렇다면, 누가 여기 점원들을 매수했을 수도 있어요."

"어머나?"

혜진은 눈을 깜빡이더니, 나를 보았다.

"그러고 보니, 전에 김수일······, 우리 주방 보조가 어디에서 누구랑 이야기를 하는 걸 봤는데, 그 사람이 좀 초라하게 입고 있어서 이상했어요. 하지만 별일 아니겠지 했는데 말이에요. 하지만 김수일 씨는 아주 착하고 부지런해서 우리 아빠도 아주 아끼세요. 그 사람이 그랬을 리는 없어요."

그녀가 그를 변호한다는 점에서 왜 갑자기 질투가 느껴졌을까.

"하지만, 함부로 남을 의심하면 좋은 게 아니잖아요. 결백할 경우 '아니면 말고'라는 식으로 이야기하면 안 되죠!"

"범죄가 발생했을 때, 필연적으로 따라오는 건 의심입니다."

나는 나도 모르게 그렇게 말하고 말았다. 하지만, 곧 한마디 덧붙였다.

"아, 그래도, 물론 의심은 나쁜 거죠. 하지만 의심이 나오게 만든 상황이 더 나쁘죠! 그리고 부주방장이나, 또 주방 보조 한 명 더 있지 않나요?"

"맹기원 씨요? 글쎄요. 요즘 돈이 좀 없다고 가불까지 했는데, 무슨 일 있는지는 모르겠어요."

"부주방장님은요?"

"그분이 얼마나 좋은 분인데요!"

혜진은 고개를 저었다. 하긴 내가 내부 사람을 의심하면 그녀로서는 오히려 나를 이상하게 볼지도 몰랐다.

"그도 아니면……, 아까, 그 연예기획사 사람이라고 했잖아요."

나는 그녀에게 말했다.

"네?"

"그 사람이 혹시 범인 아닐까요? 전에도 그 사람 본 적 있나요?"

"아니, 본 적은 없어요."

"그런가요? 좌우간, 저한테 그 명함 좀 줘 보시겠습니까? 아까 그 연예기획사 사람 거요."

그녀는 명함을 내게 주었다. 'ㅇㅇ연예기획사 이사'라는 직함이 박혀 있었다. 나는 별 수 없이 그리로 전화를 걸었다.

"여보세요."

"실례합니다. 김 이사님?"

"누구시죠?"

"아, 저도 오디션 좀 보고 싶은데, 회사 홈페이지 보니까 이번 달 건 더 없네요? 혹시 다른 날에는 안 되나요?"

"오디션이요? 잘못 보셨군요. 그건 매주 주말에 봅니다. 이번 달에도 아직 남았고요. 그리고 제 번호는 어떻게 아셨나요?"

"지인에게서 받았습니다. 감사합니다!"

나는 서둘러 전화를 끊었다.

"정말 연예기획사 사람은 맞네요!"

"그런가요?"

요즘 연예인 지망생들은 초등학교 때부터 연기에 노래, 춤 수업을 다 받는다고 하지만 그녀는 아무리 나이를 적게 잡아도 나랑 비슷해 보였는데, 확실히 그녀 정도의 미모라면 연예기획사에서 스카우트 제의를 한다고 해도 전혀 이상할 게 없다. 문제는 그렇게 된다면 나와는 영영 멀어질 수도 있다는 점이다. 좌우간, 그 점은 나중에 생각하기로 하자.

"혹시, 그 도장에 비밀이 있다는 게 도장 자체가 아니라 그 찍은 자국에 있단 말일 수도 있지 않을까요?"

"네?"

"도장을 찍으면 그 찍은 자국에 뭔가가 남는다든지 했을 수도 있잖아요."

"그런 것 같지 않았는데……? 한 번 가져와 볼까요?"

그녀가 가게 안으로 다시 들어가자, 나는 서둘러 철호에게 전화를 걸었다. 아무래도 뭔가 정보가 있어야 할 것 같았다. 검색보다 그 친구가 나을 것이다.

"뭐? 춘장을 어떻게 만드냐니, 갑자기 뭔 소리야? 아까는 짜장면 만드는 법을 묻더니?"

"그게 있어. 나중에 내가 꼭 짜장면 한 그릇 살게. 좀 알려 줘!"

"중국의 첨면장(甛麵醬, 또는 甛面醬), 뜻 그대로 하면 단 밀장, 즉 '밀로 만든, 단맛이 나는 장'이란 뜻이야. 밀가루를 쪄서 발효시킨 다음에, 불려서 삶거나 찐 콩에 된장 만드는 곰팡이가 피도록 하는데, 된장은 오래 발효시켜야 하지만 이건 그리 시간이 걸리지 않거든. 좌우간 콩이랑 밀을 섞어서 소금물도 섞고, 이걸 항아리에 넣고 발효 숙성시킨 게 춘장이지. 물론 한국이랑 중국이랑은 재료가 좀 다르지만."

"그래? 색은 어떻게 돼?"

"아까 먹은, 그 철릉관 것처럼 진한 갈색이야. 원래는 된장처럼 밝은 적갈색이지만 오래 발효시킬수록 색이 짙어지게 돼. 하지만 우리나라에서 만든 시판 춘장은 캐러멜 색소를 쓰기 때문에 검은색이지."

"원래 이름은 면장(麵醬)이었다고 했지?"

"그래. 면(麵)은 밀가루 음식을 총칭하는 말이지. 사실 만두도 면이야. 스파게티, 라자냐, 라비올리 등을 전부 파스타라고 부르듯 말이야. 첨면장을 줄여서 면장, 누구는 첨장이라고 했다가 우리나라에서 발음이 변해 춘장이라고 부르게 되었다는 설, 아니면 파 총(蔥) 자를 쓴 총장이라고도 해. 그 장에 파를 찍어 먹으니까. 그게 춘장으로 바뀌었다는 설, 또 봄 춘(春) 자를 써서 봄에 나는 파를 찍어 먹는다고 해서 춘장이라 불렀다, 이런 설이 있어."

철호는 설명이 길다는 점이 단점이지만, 나는 그래도 끝까지 들어 주곤 한다. 아니, 이럴 때는 되도록 많이 들어 주는 게 나을 것 같았다.

"그러면, 짜장면도 그때 만든 거야?"

"진시황이 순행 중 산동에 들렀을 때, 어떤 요리사가 긴장한 나머지 장을 기름에 볶아 버렸는데 그렇게 하니까 콩 비린내가 사라지고 오히려 좋았다고 해서 작장면(炸醬麵), 즉 볶은 장을 얹어서 먹는 면, 중국말로는 짜지앙미엔이라고 불렀는데 한국식으로 부르다 보니 짜장면이 되었다, 이런 설이 있는데 그 정도로 오래되었는지는 몰라. 하지만 19세기 후반 청나라 사람들, 그중 대부분은 산동반도 사람들이었는데 그 사람들이 춘장에 파 찍어 먹고 면까지 볶아 먹는 걸 보고 한국 사람들도 따라 만들다 보니 한국 특유의 짜장면이 되었다고 해."

"별 걸 다 아는구나."

"음식 이야기야말로 그 집안, 혹은 그 지방이나 나라의 문화를 이해하는 데 가장 큰 도움이 되는 것 중 하나니까 흥미를 가지면 꽤 재미있어."

짜장면 마니아 친구를 둔 게 다행이란 심정이 든 것은 그때가 두 번째였다.

"아, 참! 1908년에 인천에서 짜장면이 먼저 시작되었다고는 하지만, 들어가는 채소는 제각각이었거든. 그런데 1960년대에 양파가 대량 생산되면서 양파를 많이 넣게 되었어. 그러니까 오늘날 짜장면의 원형은 1960년대 이후에 만들어졌다고 보면 돼."

'이 도장에, 원래 춘장 비법이 들어 있다고? 그렇다면, 누군가가 이미 그걸 알아냈고, 다른 사람들이 그러지 못하게 하기 위해 만든 건가?'

나는 철룡관의 춘장을 다시 떠올려 보았다. 확실히, 흔히 알려진 것에 비하면 검은색이 적었다. 하지만 그 점이 오히려 이 가게의 특징이다. 거기다 된장 등을 첨가하여 색다른 맛을 낸 메뉴도 있었다.

"저 왔어요!"

"어, 고마워!"

나는 전화를 끊고는 혜진에게 몸을 돌렸다. 그녀의 손에는 액자가 하나 들려 있었다.

"이게 찍은 도장 자국이에요."

"흠."

도장의 크기는 그리 크지 않았다.

"누구 이름이죠?"

"할아버지 성함이에요."

도장에 뭔가 단서가 있을까 했지만, 잘 모르는 한자만 있을 뿐이었다. 전에 그림을 위에서 보지 말고 거의 옆에서 보다시피 하며 기울여서 보면 다르게 보이는 것도 여러 가지가 있다고 들었지만, 아무리 봐도 그 도장 자국에는 아무것도 없었다.

"거 참, 이상하네요."

과연 뭐가 있는 걸까. 거기다 가게에 걸려 있는 그림에도 힌트가 있다고 했다. 나는 다시 그 가게에 들어갔다.

"괜히 손님만 귀찮게 해 드린 것 같네요."

"아닙니다."

누가 보면 내가 정말 형사 흉내를 내는 것처럼 보일지도 모른다. 하지만 나는 뜻밖에 마음이 쿵쿵대는 것 같았다. 그녀 때문만은 아니었다. 추리소설 마니아였던 나는, 이런 수수께끼를 한 번 실제로 풀어 보고 싶다는 생각을 하기도 했으니까. 특히 재벌……, 아니, 재벌은 아니더라도 이러한 유산을 둘러싼 수수께끼는 내 흥미를 끌었다.

"그 도장은 어떻게 생겼나요?"

"절굿공이랑 비슷하게 한쪽 끝은 불룩하고 가운데는 잘록한 형이었어요."

"아, 그건 절굿공이가 아니라 정확히 호리병 모양입니다. 우리나라뿐 아니라 아시아 국가에서 그 모양은 행운을 뜻해요. 왜냐면 만을 완전수, 꽉 찬 수라고 여겼는데 일만 만(萬) 자 겉면에 테두리를 두르면 호리병 모양이 되니까요. 도요토미 히데요시도 호리병을 자기 문장으로 썼어요."

"어머, 그래요?"

그녀는 호기심이 동한 듯 눈을 반짝이며 말했다.

"조랭이떡(조롱박 모양으로 만든 떡) 아시죠? 그것도 '행운'을 뜻하기 때문에 떡을 그 모양으로 만든 겁니다."

나는 전에 미술사 수업을 받은 적이 있어서 그런 이야기는 좀 알고 있었다.

"하지만, 조금 이상해요. 할아버지 유언장에는, 춘장은 춘장 만드는 법 자체가 문제이며 단서는 가게에 있는 그 도장이랑 그림, 농장 사진, 또 우리 가게 이름이라고만 하셨어요."

나는 여러모로 생각해 보았다. 그렇다면 범인이 왜 도장만 훔쳤을지 알 수 없었다. 농장 사진이랑 그 그림까지 모두 가져 가야 맞는 말이 된다.

물론, 이 가게 이름까지 가져갈 수는 없을 것이다.

"혹시, 누가 간판을 뜯어 가려고 했거나 그랬던 적은 없나 요?"

"간판이요?"

"철룡관 그 자체에 뭔가 힌트가 있을까요?"

"잠깐 기다리세요!"

나는 다시 철호에게 전화를 걸었다. 이번에는 짜증 섞인 목 소리가 들렸다.

"왜 자꾸 전화질이야?"

"다름이 아니고 말이야, 좀 골치 아픈 일이 생겨서 그래."

나는 간단히 이런저런 일을 설명했다.

"어이구, 그 가게에서도 그 아가씨한테서 눈을 떼지 않더니 말이야. 그나저나 춘장 만들기라고? 영화 〈북경반점〉이냐?"

"〈북경반점〉? 어느 중국집 이름이야?"

"아니, 영화 제목이야! 김석훈 주연이고 1999년도에 나온 건데, 그것도 직접 춘장 만드는 중국집 이야기거든! 사장이 쓰러지니까 직접 춘장을 담그려고 애를 쓰는 점원들 이야기야."

철호가 말했다.

"고마워."

"네가 웬일로 내게 고맙다고 하냐? 그리고, 중국집은 우리나라에서 이런저런 이름이 붙지. 장(莊), 루(樓), 각(閣), 관(館), 객잔(客棧), 반점(飯店) 등등이야. 그 '관'은 사람이 상주하지 않는 집이란 뜻이지. 대사관도 같은 글을 써. 그리고 '반점'은 사실 초호화 호텔을 뜻하는 말이야."

"그러면, 관보다는 철룡에 뜻이 있단 말이야?"

내가 말했다.

"그렇겠지. 철룡은 집에 사는 신 중, 장독대를 관장하는 신이니까. 단어가 청룡 혹은 천룡에서 왔다는 말도 있어. 청룡은 알지? 사신도(四神圖)."

물론 사신도의 청룡은 나도 잘 알고 있다. 동서남북 중 동쪽을 관장한다. 또한 용이 비를 내린다는 말도 있다.

내가 말했다. 내가 그 안에 다시 들어가자, 가게 사장이 나를 보며 물었다.

"응? 다시 오셨네요?"

"여기 짜장면 맛이 도저히 입에서 떠나지를 않네요. 우리나라에서 하루에 팔리는 짜장면 면발을 전부 이으면 지구를 한 바퀴 돌고도 남는다죠? 이 가게만큼 맛있으면 두 바퀴도 돌겠네요! 한 그릇만 주세요!"

반은 아부나 다름없는 발언이었지만, 약간의 흥분감이 가시지 않았다. 내가 꽂힌 게 혜진일지, 이 수수께끼일지, 둘 다인지는 알 수 없었지만.

그때 한 남자가 그녀에게 왔다. 주방 보조 중 한 명인 김수일이라는 사람이다. 벽에는 이 식당 점원들 사진도 있어서 금방 알 수 있었다. 그는 머리를 저었다.

"좀 괜찮으세요?"

"네. 아까, 어디 가셨어요?"

혜진이 물었다. 그러고 보니, 다른 사람들은 주방에서 나왔는데 그만 가게 뒷문에서 왔다.

"옥상에 춘장 뜨러 갔죠. 그런데 세상에, 그 보물인 도장이 깨지다니 말입니다. 철륭에 대한 제사를 제대로 하지 않아서 그런 걸까요?"

"네?"

"집 뒤에 철륭나무가 있는데 말이죠."

철륭은 뚜렷한 신체, 즉 형상이 없다는 점이 특징이다. 제사를 지낼 때는 장독대에서 지내고, 철륭이 깃든 나무는 베지 말아야 하며 거기에 소변을 보지도 말아야 한다.

"철륭에 제사를 소홀히 하고 있잖아요. 큰 사장님 돌아가신

후로요."

김수일은 그 점을 유감스럽게 생각하는 모양이었다. 나는
슬쩍 혜진에게 물었다.

"저기, 식당 점원들이 혹시 여기서 숙식하나요?"

"네. 배날하는 분이랑, 저기 보조 둘은 여기서 자요. 부주방
장님은 집에 가서 주무시고요."

만약 누군가가 사진이나 그림에 손을 대려면 아무래도 여기
서 숙식하는 사람 중에 있을 확률이 높았다.

좌우간 벽을 보자, 먼저 액자에 담긴 사진 하나가 눈에 들어
왔다. 바로 위에서 본 농장의 모습이었다. 그곳에 있는 장독을
보니 틀림없이 춘장 만드는 곳인 것 같았다.

"저기에 춘장만 있나요? 된장이나 간장은 없어요?"

"된장이나 간장이 있긴 해요. 그것도 메뉴에 올리기는 하지
만, 역시 춘장 쪽이 훨씬 많죠. 김치도 직접 담그긴 해요."

보통 장독대를 보면, 간장용이 가장 크고 된장용이 그 다음
이며, 고추장용 독이 가장 작다. 하지만 용도에 따라 달라질 수
있다.

"장독대 배치한 모양이 왜 호리병 비슷한가요?"

"장독을 위에서 보면 호리병 모양으로 놓긴 했는데, 나무들
때문에 그렇게 했다고는 하셨어요. 장독은 햇볕을 잘 쬐어야
된다면서요."

"그래요?"

나는 그 사진을 보았다. 호리병의 허리, 즉 잘록한 부분을 보니 그 위에 다리 비슷한 게 놓여 있었다.

"이건 다리가 놓인 건가요?"

"이 위에 올라가면 높은 곳에서 농장을 다 볼 수 있거든요."

"여기, 농장 오른쪽에 있는 이건 뭔가요?"

"절구예요."

그녀는 금방 대답했다.

"장을 만들 때 아직도 절구에 찧나요?"

"아, 그건 아니죠. 예전에는 그랬지만 요즘은 분쇄기를 써요. 이 절구는 그냥 장식용이에요."

"좋아요, 그러면, 이 식당에서 값나가는 게 또 있나요?"

"계산대에 있는 현금을 제외하고 값나가는 거라면……, 저 반대편에 걸려 있는 저 그림이겠죠."

반대편 벽에는 그녀가 말한 그림이 걸려 있었다. 덩굴에 달린 호리병박이었다. 그런데 좀 특이하게도, 대개 호리병박은 위쪽의 원이 아래쪽 원보다 훨씬 작은데 그림 속의 박은 두 개의 원 크기가 똑같았다.

"이게 무슨 그림인가요? 낙관을 보니까 할아버님이 직접 그리신 건 아닐 것 같은데."

"할아버지가 아는 화백이 그려주신 거예요. 훔친다면 저 그림을 훔치는 게 더 돈이 될 텐데 말이죠."

혜진은 그쪽을 가리키며 말했다.

그러고 보니, 내 머릿속을 스치는 생각이 있었다. 덩굴식물을 한자로 만대(蔓帶)라고 하는데, 이는 자손만대 할 때의 만대(萬代)와 발음이 같다. 그 때문에 옛 그림에 그려진 덩굴식물은 자손만대 번영하라는 뜻을 담고 있다. 신사임당이 포도나 수박 등을 즐겨 그린 이유도 그렇다. 포도는 열매가, 수박은 씨가 많기 때문에 다산을 뜻하기 때문이다.

앞서 밝혔듯 호리병박은 행운을 뜻하므로, 이 그림을 간단히 풀이하면 '자손만대 행운이 따르며 번영하기를!'이란 뜻이 담겼다고 할 수 있다. 오래된 가게에 어울리는 표현이다.

순간, 내 눈에는 약간 이상한 점이 들어왔다.

"이 액자 말인데요. 늘 깨끗하게 닦나요?"

"아, 네, 물론이죠!"

혜진이 눈을 크게 뜨며 말했다.

"그 그림이 뭐, 이상한가요?"

"그게 말이죠……."

그때였다. 배달부인 박성규가 돌아왔다.

"다녀왔습니다."

"왜 이리 늦었어? 이거, 혹시 네가 한 거냐?"

사장이 배달부에게 도장 파편을 보이며 말했다.

"무, 무슨 말씀이세요? 이, 이게 뭔데요?"

"도장 말이야! 우리 가게 보물이라고 했잖아!"

"마, 말도 안 돼요! 전 아무것도 건드리지 않았어요!"

배달부는 펄쩍 뛰며 말했다. 하긴 내가 생각해도 그가 가장 유력한 용의자긴 했다. 훔친 도장을 숨길 수 있었던 사람은 그뿐이니까. 그 말고는 나간 사람도 없다.

"저기, 손님이 대신 말씀 좀 해주실래요?"

뜻밖에 혜진이 내게 말했다. 별수 없이, 나는 내가 생각했던 트릭을 말했다.

"손님, 형사세요?"

배달부는 어이가 없다는 얼굴로 나를 보았다.

"아니, 나이도 적지 않아 보이는데 형사놀이 하십니까? 제가 도장을 훔쳤다는 증거 대 보세요! 제가 그거 팔아서 얼마나 받겠어요?"

나 역시 뭐라 할 수 없었다. 그렇다고 식당 안에 있는 사람들을 모두 몸수색을 할 수도 없고, 비싸지도 않은 옥도장 하나 깨졌다고 경찰을 부를 수도 없었다.

"손님, 드실 거 다 드셨으면 가시기 바랍니다."

박성규가 말했다.

"그 전에 잠깐 보고 싶은 게 있습니다."

나는 박성규가 돌아옴으로 인해 잠깐 잊었던 것을 생각해

냈다.

"이 종이 말입니다. 조금 이상한데요?"

내가 자세히 보니, 액자 안에 든 종이는 화선지 같지 않았다. 일반 복사용지에 동양화를 그릴 리는 만무하다.

"네?"

나는 액자를 떼어냈다. 그러자 역시, 사장이 또 왔다.

"아니, 거, 아까부터 자꾸 왜 그러십니까?"

"제가 좀 도와드릴 수 있을 것 같아요."

"아빠, 이 손님, 한번 믿어 보셔도 될 것 같아요!"

다행히 혜진이 나를 두둔해 주었다. 나는 액자에서 그림을 꺼내 보았다.

"역시, 이 그림도 가짜입니다! 한국화가가 그린 거라고 들었는데, 복사용지에 그렸을 리는 없잖아요?"

"아, 아니?"

사장은 물론, 그 부인과 혜진의 눈도 수박만큼 커졌다.

"이, 이럴 수가……!"

"어, 어떻게, 이럴 수가 있죠?"

"아주 간단합니다. 이 그림을 사진을 찍거나 스캔을 떠서 인쇄한 다음에 진짜 그림은 빼내고 이 가짜를 넣어 놓았네요. 그림이 그리 크지 않으니까 그 정도는 쉽겠죠."

나는 곧 알 수 있었다. 이는 분명히 내부인의 소행이다. 농장 사진이야 그냥 찍어 가기만 하면 그만이니 굳이 이런 조작을 할 필요가 없으리라.

전술했듯, 춘장 만드는 비법이 담긴 단서는 이 그림과, 그림과 같은 크기인 저 사진, 그리고 도장과 이 식당의 이름이라고 했다.

"저, 정말로, 철룡을 제대로 섬기지 않아서 이렇게 된 거 아닐까요?"

김수일이 말했다.

"말도 안 되는!"

사장은 굉장히 분노한 얼굴로 말했다.

"이거, 이렇게까지 할 수 있는 사람은 이 안에 있다고!"

"유감스럽지만, 그렇습니다. 제가 보기엔, 도장 깨진 것도 그 사람이 한 짓이 분명합니다."

직원들은 모두 아주 불편하다는 표정으로 나를 보았다. 하긴 그럴 만했다. 참, 이게 무슨 꼴인지 모르겠다. 하지만 여기까지 와서 기죽어서 물러날 수도 없었다.

"아니, 그 그림, 그거 유명 화가 작품이라서 아주 비싼 거라고 들었는데? 아버지랑 친분 있는 분이라서 선물로 그려 준 거라고 들었는데 말이야!"

사장은 머리를 쥐어뜯었다.

"역시, 누군지는 몰라도 이 안에 범인이 있단 말인가? 그러고 보니 도장 훔쳐갈 시간이 있었던 사람은 너밖에 없잖아!"

사장은 박성규 쪽으로 몸을 돌리며 말했다.

"사장님, 전 아니에요!"

"아니면, 혜진이가 그랬단 거야? 가게 밖으로 나간 사람은 너 하나뿐이라고!"

"그러고 보니, 며칠 전 가게에 도둑 들었을 때 누가 밖으로 나간 흔적도 없었는데, 혹시 네가 한 짓이야?"

주방 보조인 맹기원이 말했다.

"무슨 소리예요? 저는 가게 물건에 손댄 적은 없어요!"

그 무렵, 나는 문득 뒷문 쪽으로 눈이 갔다. 그쪽을 보니 슬리퍼가 여러 켤레 있었다. 순간, 나는 아까 도장이 깨지는 소동이 났을 때 생각이 났다.

"잠깐만요."

나는 사람들을 모두 진정시켰다.

"한 가지 가설이 있는데, 여기 계신 분들 모두 그 자리에서 움직이지 말아 주시고, 그쪽 분만 저를 따라오시면 됩니다."

나는 혜진을 가리켰다. 그러자 사장이 내 앞을 막았다.

"왜 내 딸더러 따라오라는 거요? 내가 가면 안 됩니까?"

"아, 좋습니다. 사장님이 따라오셔도 무방합니다."

"제가 갈게요!"

혜진이 나섰지만, 사장은 손을 내저었다.

"아빠가 간다!"

잠시 후, 내가 간 곳은 그 집의 옥상이었다.

"아니, 무슨 일이십니까?"

"따님에게서 들었는데, 춘장은 농장에서 담그고, 항아리를 여기로 몇 개 가져오셔서 쓰신다고요? 떨어지면 가서 가져오시고."

"그렇습니다만?"

옥상에는 항아리 나를 때 쓰는 전용 지게까지 있었다. 이 가게 사람들이 춘장을 얼마나 중요하게 여기는지 알 수 있는 모습이었다.

"제일 최근에 쓴 항아리가 뭐죠?"

"이겁니다."

사장이 항아리를 하나 가리키며 말했다. 나는 그 뚜껑을 들어 보았다. 사실 남의 식당 물건을 함부로 건드리는 건 예의가 아니지만, 이도 따지고 보면 범죄수사니 어쩔 수 없다. 경찰도 아닌 내게 보여 주기나 해서 다행이었다.

"춘장 뜨는 국자를 그래서 가져오라고 한 겁니까?"

사장이 물었다. 나는 국자로 춘장을 저어 보았지만, 아무것도 없었다.

"숨긴다면 여기에 숨길 것 같았는데요. 다른 항아리에 있나?"

"뭘 말입니까?"

"도장이요!"

"네? 춘장 속에 그 도장을 묻어 뒀단 말입니까?"

"그랬을 가능성이 있죠."

나는 다른 항아리 뚜껑도 열었지만, 역시 거기에도 없었다.

"거 참, 이상하네?"

나는 뚜껑을 덮으려다, 한 가지 생각이 더 떠올랐다.

"그래, 등잔 밑이 어두운 법이지!"

"무슨 말입니까?"

사장이 말했다. 나는 이번에는 그 항아리들의 뚜껑을 뒤집어 보았다.

"역시!"

순간, 사장의 눈도 커졌다. 그것은 옥도장이었다. 누군지, 도장 뚜껑 안쪽에 테이프로 비닐에 싼 도장을 붙여뒀던 것이다.

"이게 잃어버린 도장 맞죠?"

"맞습니다! 손님 말이 다 맞았군요! 아유, 어떤 놈이⋯⋯!"

"잠깐만요."

사장이 먹이를 낚아채는 솔개처럼 달려들었지만, 나는 그의 손을 잡았다.

"잠깐만요. 이건 엄연한 증거니 건드리지 마세요. 주방장 모자를 저에게 벗어 주세요."

증거물 담을 봉지를 가져오지 못했으니, 나는 소매를 길게 늘어뜨려 도장을 붙잡아서 떼어내, 주방장 모자에 담았다.

"이제 내려가죠. 범인이 누구인지도 알았습니다."

정말, 형사가 된 기분이었다. 나와 사장은 곧 식당 안으로 다시 들어왔다.

"어머나, 어디 갔다가 이제 왔니?"

혜진은 도장을 보자마자, 잃어버린 동생을 찾은 누나마냥 기뻐하며 달려왔으나, 나는 일단은 그녀를 막았다.

"죄송하지만 잠깐만 참아 주십시오. 이 도장을 훔친 사람이 누구인지 이젠 알았으니까요."

"누구인가요?"

"바로 당신입니다."

나는 김수일을 가리키며 말했다.

"헉!"

사람들은 다 놀랐다.

"도장이 깨졌을 때, 다른 사람들은 다 주방에서 나왔는데 당신만 식당 뒷문으로 왔어요. 식당 바닥에는 젖은 발자국이 없어서 밖에서 들어온 사람이 없다고 생각했는데, 뒷문에는 슬리퍼가 있더군요. 당신이 그걸 신고 옥상에 올라가서 도장을 숨겼기 때문이죠. 제가 말씀드린 그 방법으로 도장을 훔친다면 역시, 배달하는 분 아니면 주방의 누구라고 생각했는데, 나중에 보니까 이 식당 뒷문으로 들어온 사람은 당신뿐이더군요."

"아, 그, 그렇다고, 저를 의심하세요?"

김수일이 억울하다는 얼굴로 말했다.

"아니라고요! 그때까지만 해도 그 도장은 그 자리에 있었어요!"

혜진이 소리를 빽 질렀다. 나는 설명을 계속했다.

"당신은 여기, 혜진 씨가 그 연예기획사 사람한테서 스카우트 제의를 받고 있을 때 계산대가 비어 있었고, 마침 배달하는 분도 준비하던 중이었으니 재빠르게 도장을 훔쳤죠. 그리고 춘장 푸러 간다면서 올라가서 독 뚜껑에 이걸 붙여 놓았습니다. 이 테이프에는 범인의 지문이 묻어 있을 겁니다. 장갑 끼고 테이프 붙일 수는 없죠."

"아, 아니, 그래도……!"

"저 그림을 훔친 사람이 도장을 훔친 사람이랑 동일 인물일 확률이 높죠. 도장은 비싸지 않아도 그림은 유명 화가가 그린 거니까 가격은 상당할 겁니다. 경찰을 부르면 어떻게 될까요?"

"수일이 너, 네가 어떻게……!"

"네가 도장도 훔치고, 저 그림까지 바꿔치기했다 이거야?"

사장은 노기등등한 얼굴로 그에게 다가갔다.

"내가 그동안 너에게 뭐, 임금 한번 떼어먹은 적 있어? 대체 뭐가 불만이야?"

"사장님이 아니라, 큰 사장님 때문입니다!"

김수일은 눈을 부릅떴다.

"큰 사장님이 사기를 쳤다고 들었습니다!"

"그, 그게, 무슨 소리야!"

사장이 그 자리에서 그의 멱살을 잡았다. 자신도 아니고 자기 아버지를 사기꾼이라고 하다니 그럴 만했다.

"며칠 전이었어요. 어떤 손님이 저에게 와서 이 집 짜장면은 자기가 알던 그 맛 그대로라고 하더군요. 그러더니, 저한테 와서 잠깐 이야기를 하자고 했어요. 그런데, 큰 사장님이 사기를 쳐서 모든 것을 얻었다고요!"

"무슨 소리냐고! 이 집은 내가 어렸을 때 우리 아버지가 사신 거라고! 내가 똑똑히 기억해!"

"그 전이죠, 바로!"

김수일이 말했다.

"큰 사장님이, 자기 스승에게서 비법을 전부 훔치고, 식당에 불까지 지르고 빠져나왔다고 들었어요! 결혼 전이겠지만요!"

"무, 무슨!"

이번에는 혜진까지 화를 냈다. 그녀 역시 할아버지의 사랑을 듬뿍 받으며 자랐기 때문일 것이다.

"뉴스 라이브러리로 검색해 봤어요! 인천에서 있었던 중국집 화재 사건! 그거, 큰 사장님이 일했던 곳이라고 했어요! 그

증거도 있어요!"

그는 매우 오래되어 보이는 사진을 내밀었다. 사진을 다시 한 번 스캔했거나 사진으로 찍은 것 같았다. 젊은 사람들 여럿이 모여서 짜장면 한 그릇을 앞에 놓고 찍은 사진이었다.

"이게 큰 사장님 맞죠? 주방에서 처음으로 큰 사장님이 만든 짜장면이라고 했어요! 그러니, 큰 사장님의 춘장 만드는 비법은 원래 자기 거라고, 그걸 꼭 찾게 도와 달랬어요! 그 사람이 불쌍해 보여서, 제가 돕기로 했어요!"

나는 그 사진을 한 번 보았는데, 순간 머릿속에서 아까 철호에게서 들은 이야기가 떠올랐다. "이 사진 언제 찍은 건데요?"

"1958년엔가, 그때 건물을 하나 얻어서 가게 시작했을 때래요!"

나는 기가 찼다.

"속으셨군요."

"네?"

김수일은 눈을 크게 뜨며 말했다.

"중국집 요리사 하면서 그것도 모르십니까? 이 짜장면 사진이 증거죠! 이건 딥페이크, 즉 정교하게 합성한 사진이에요!"

"무슨 근거로 그렇게 말씀하십니까? 사진만 보고!"

"짜장면은 고기와 채소 위준데, 어느 채소를 넣기 시작했는지는 때에 따라 달라졌어요. 하지만 양파를 이렇게 잔뜩 넣기 시작한 건 1960년대 이후라고요! 그때부터 양파 생산량이 확 늘었으니까! 이 사진이 1958년도 거라면서요!"

철호가 해준 이야기가 이제 생각났다. 사람들은 모두 나를 보았다. 중국집에서 일하는 사람보다도 짜장면을 더 잘 아는 이처럼 보일까.

"중국집 화재 사건까지 끌어들여서 당신을 속인 거죠! 그래서, 원수는 못 갚아도 춘장 만드는 방법이라도 빼낼 수 있게 도와 달라고 한 건가요?"

"그, 그렇습니다."

김수일의 얼굴이 빨개졌다.

"이런, 그 사람이 누군지는 몰라도 어디 경쟁업체 사람인가 보죠! 그리고 춘장 만든다는 게 쉬운 줄 아십니까? 만드는 법 다 배워도, 그게 손에 익기는 쉬울 것 같아요?"

"바보도 이런 바보가 어디 있어?"

사장이 눈을 크게 떴다.

"여보!"

사장 부인이 말렸다.

"그럼, 그 그림까지 그 사람에게 넘겨준 거야?"

"네, 네, 그래요."

"어떤 놈이야?"

"제, 제가, 연락할게요!"

"내, 당장, 경찰에⋯⋯!"

#

저녁 준비 시간이 촉박해지긴 했지만, 다행히 일은 해결할 수 있었다. 철룡관의 사장은 곧 김수일에게서 자백받은 대로 그 사람에게 연락했다. 그는 정말로 근방에 있는 큰 중국집의 사장이었고, 그가 노렸던 것은 역시, 춘장 만드는 비법이었다. 직접 담근 춘장을 쓴다는 점이 마케팅 요소가 되었기 때문이다. 그래서 일부러 조금 순진한 김수일에게 접근하였다. 그 모든 범행 방법도 그가 세웠다.

혜진이 마침 그 연예기획사 이사에게서 스카우트 제의를 받는 중이었기 때문에 계산대는 잠깐 비어 있었고 배달하는 사람도 나간 다음이라, 춘장을 푸러 가면서 슬쩍 그 도장을 훔치는 건 아주 쉬웠다. 그림 역시 밤에 몰래 바꿔치기할 수도 있었다.

다행히, 김수일은 용서를 받았다. 그가 그 다른 업자에게 속았다는 사실 때문이었다. 철룡관 사장은 경찰에 신고하지 않을 테니 빨리 바꿔치기한 그림을 내놓으라고 했고, 그날로 돌려받을 수 있었다.

"손님, 정말 고맙습니다!"

사장이 내 손까지 잡으며 말했다. 다행히 그림도 찾고 도장도 찾았다.

"손님은 앞으로 짜장면 공짜입니다!"

그 말을 들은 사람이 내가 아니라 철호였다면 좋아할 것이다. 하지만 '짜장면 공짜 대신 따님을 주십시오!'라고 말했다간 큰일이 날 것이다. 대신 나는 다른 호기심이 생겼다.

"그리고, 그 춘장 만드는 법도 어디 있는지 알 것 같네요."

"네?"

사람들이 모두 눈이 휘둥그레져서 나를 보았다.

"할아버님이 말씀하셨죠? 이 도장이랑 그림, 사진, 그리고 이 식당의 이름을 잘 알면 춘장 만드는 법도 알 수 있다고요."

"그렇긴 하지만……."

"도장을 이렇게 호리병 모양으로 만드는 거야 아주 흔한 일이고, 말씀드렸듯, 이 모양이 행운을 뜻하기 때문이라고 해요. 하지만 이 그림이랑, 이 사진이랑 굳이 같은 크기로 만드신 이유가 뭐라고 생각하세요? 그리고 대개 호리병박은 위쪽 원이 아래쪽 원보다 훨씬 작은데 이 그림에는 똑같게 그려져 있죠?"

"네?"

"영화 〈기생충〉의 대사대로, 할아버님은 다 계획이 있었던 거죠. 이 농장 사진 말인데요, 동서남북이 어떻게 되어 있나요?"

나는 사진을 보며 물었다.

"이 사진 맨 위가 북쪽이긴 한데, 왜요?"

혜진이 대답했다.

"이 가게 이름이 '철륭관'이라는 것, 사진과 그림, 도장까지 네 가지 단서를 조합했을 때 키워드는 역시 '호리병'이죠. 물론 철륭은 호리병과 상관이 없지만요."

"무슨 말씀을 하시는 건가요?"

"철륭은 장독대의 신입니다. 그런데 철륭이 '청룡'에서 비롯되었다는 말이 있고, 청룡은 방위상 동쪽을 뜻해요. 청룡은 동, 백호는 서, 주작은 남, 현무는 북이란 거 아시죠?"

"그걸 누가 몰라요?"

혜진은 조금 이상하다는 투로 말했다. 나는 그 그림과 사진을 정확히 나란히 놓은 뒤, 이번에는 그림을 사진 위에 올려놓았다. 사진과 그림의 호리병박 모양은 정확히 일치했다. 아마 그녀의 할아버지가 아는 화가에게 일부러 그렇게 그려 달라고 부탁했을 것이다.

"이런?"

"왜 이걸 아무도 몰랐지?"

사장이 말했다. 나는 철륭, 즉 그 사진의 정확히 동쪽 끝부분을 가리켰다. 바로 혜진이 아까 말했던, 장식용이나 다름없는 절구였다.

#

그 뒤, 나는 그 춘장 만드는 농장을 찾아갔다.

"야, 생각했던 거 이상입니다."

"네, 어렸을 땐 여기가 제 놀이터였어요. 좌우간, 그때 찍어온 사진부터 봐야죠."

혜진이 눈을 크게 뜨며 말했다. 그녀의 말대로 그 장독대 배치는 호리병 모양이었고 가운데에서 나침반으로 보니, 정확히 동쪽에 돌로 만든 절구가 하나 놓여 있었다.

"이건 최근에 옮겨지지 않은 건가요?"

"네, 이것도 제가 어렸을 때부터 쭉 여기 있었어요. 그러고 보니, 절굿공이도 호리병 모양이긴 하네요?"

"글쎄요. 절굿공이야 의도적으로 호리병 모양으로 만들었는지도 모르겠습니다. 아닌지는 모르지만, 좋습니다. 한번 옮겨 보죠!"

나는 끙끙대며 절구를 옮긴 뒤, 삽을 집어 그 자리를 파내려가기 시작했다.

"만약에 이번 일을 간단히 이야기로 쓰게 된다면, 제목을 〈철룡관 살인사건〉이라고 써야 될 것 같아요!"

"어머, 왜 살인사건인가요? 무섭게!"

혜진이 물었다.

"사람 人(인) 자가 아니고 도장 印(인) 자를 쓰면 되죠. 도장이 깨지면서 사건이 시작된 거니까요!"

"하하하하!"

그녀가 웃자, 나는 씩 웃고는 땅파기를 계속했다. 그 와중에도 내 짐작이 맞기를, 그러면 혜진이 나를 좀 제대로 봐 줄까 하는 기대가 컸다.

데우스 엑스 마키나

강지영

웬만하면 피하고 싶은 자리였다. 하지만 선택의 여지가 없었던 건, 학교 앞에 그나마 번듯한 식당이 이곳뿐인 탓이다. 교무회의가 끝나자 학과장은 당연하다는 듯 교강사와 조교들을 이끌고 점심은 짜장면으로 통일하자며 호기롭게 앞장을 섰다. 어렴풋이 내가 기억하는 짜장면의 맛은 아주 달콤하고도 고소했다. 소아당뇨라는 걸 깨닫기 전, 아마도 초등학교 입학식에 맛봤을 터였다. 짜장면은 분명 내가 좋아하는 맛이었고, 그래서 더는 맛볼 수 없는 음식이었다. 나의 췌장은 국수나 라면, 빵, 흰밥 따위를 먹고도 거뜬히 혈당을 누그러뜨릴 만큼 건강하지 않으니까.

식탁 위에 뜨거운 자스민차와 메뉴판이 놓였다.

"전 볶음밥으로 할게요."

짜장면으로 통일을 시키고 싶어 했던 학과장이 부루퉁하게 나를 바라보았다.

"유 교수, 이 집은 짜장면을 잘해. 중국집에서 왔으면 짜장면을 먹어야지. 그게 룰이라니까."

몇 주 전, 학과장은 설렁탕집에서 내 뚝배기에 깍두기 국물을 부은 적이 있었다. 그때도 정색을 하고 성내지 않은 게 내내 후회되었다. 한마디만 더하면 자리를 박차고 일어서야겠다, 마음먹은 순간 휴대폰이 진동했다. 엄마였다. 지긋지긋하게 재발하는 신경통 얘기이거나 맞선 제안일 게 뻔했지만 자리를 벗어날 구실을 만들 수 있을 것 같았다.

"김 조교, 내 식사 주문 넣지 마. 급한 전화라."

나는 옆자리에 앉은 조교 우재에게 귀엣말을 남기고 전화를 받았다.

"죄송합니다. 식사 맛있게 하세요. 엄마, 지금 병원이라고? 아니 어쩌다……."

나는 조용히 의자를 빼고 자리에서 벗어나 중식당 문을 밀고 나왔다. 학과장의 혀 차는 소리가 뒤통수에 따라붙었다.

"염병, 뭐라는 거니? 루테인 좀 주문해 달라니까 무슨 병원이래!"

나는 엄마의 수다에 건성으로 대답을 해주며, 중식당 앞 샐러드카페에서 도시락 하나를 주문했다. 포장을 기다리는 동안,

중식당에서 쏟아지는 짜장면 냄새를 맡았다. 기름에 튀겨낸 진한 춘장과 큼직하게 썬 채소와 돼지고기, 알맞게 익어 쫄깃하고 윤기 도는 면 가락이 하나씩 연상되었다. 좋아하는 것을 선택할 수 없는 삶은 끝없이 좌회전만 거듭하는 미로처럼 지루하고 고단할 뿐이었다.

지갑을 꺼내 도시락값을 치렀다. 숄더백 안에 삼베로 만든 향낭이 비상점멸등처럼 뜨문뜨문 빛을 냈다. 내게 향낭은 귀신 내비게이션이었다. 그게 빛난다는 건 가까운 어딘가에 귀신이 있다는 의미였다. 고개를 들어 중식당을 바라보았다. 식당 앞에 귀신 서넛이 줄지어 있었다. 그들도 나처럼 좋아하는 것을 가질 수 없는 사람들이었다.

"얘, 수현아! 너 요즘도 밤에 드라이브 다니고 그러니? 잠도 많은 애가 대체 왜 그러는 건데. 야, 이 기지배야. 에미가 듣기 싫은 말을 하더라도 대꾸는 해야 할 거 아냐."

무스탕코트에 부츠를 신은 건장한 청년이 중식당 앞에 섰다. 문틈 사이로 퍼지는 짜장면 냄새에 고개를 들이밀고 있던 귀신들이 일순 흩어졌다. 전봇대를 타고 오르거나 지나가는 자전거 바퀴에 매달려 도망치는 귀신도 있었다. 청년이 고개를 조금 틀어 나를 바라보았다. 과연 귀신조차 두려워할 만큼 핏발이 선 허연 눈동자였다. 청년이 중식당 문을 열고 들어갔다. 다시 귀신들이 식당 앞으로 모여들기 시작했다. 달콤한 짜장면의 냄새를 그 애도 그리워하고 있을까.

*

그 아이, 다성은 3년 전 실종되었다. 그날의 기억은 마치 어제처럼 선명하다. 축제 뒤풀이 자리에서 흠뻑 취한 나는 천한 본성을 드러냈다. 이른 나이에 등단과 임용, 그리고 베스트셀러 작가가 되기까지 거침없이 이뤄낸 성과에 한껏 도취돼 있던 시절이었다. 나는 제자들에 둘러싸여 문학판의 뒷얘기를 떠들고 끊임없이 잔을 들어 건배를 청했다. 그날 밤 취하지 않은 사람은 다정뿐이었다. 글도 곧잘 썼고, 성적도 상위권이었지만 유독 조용하고 예민해 보이는 제자였다. 그날 난 다정에게 해선 안 될 말을 했다.

"안다정, 너 잔 받아놓고 고사 지내니? 문창과 다니는 사람은 술도 좀 퍼마실 줄 알아야 하고, 진탕 연애도 해봐야 하고, 죽을 만큼 외로워 봐야 소설이란 게 손에 잡혀."

나는 빈 맥주잔을 끌어당겨 다정 앞에 놓고선 소주를 채웠다.

"교수님, 저 술 진짜 못 마셔요."

나는 소주를 채운 잔을 다정의 손에 억지로 쥐어주었다.

"그런 게 어딨어? 난 1형 당뇨라 술 먹으면 큰일 난다고 의사가 말리는데도 마시거든. 너 엄마 아빠 말 되게 잘 듣는 착한 딸이구나? 그럼 문학하기 힘들어."

병명을 알게 된 지 20년이 넘었지만 이따금 나는 나를 제어하지 못했다.

"저……, 부모님 안 계세요. 그러니까 혼자라서 더 조심하려고요."

일순 동기들 사이에 어색한 침묵이 내리깔렸다.

"아하, 우리 다정이가 고아였구나. 얘, 그거 예술가한텐 큰 어드밴티지야. 난 아무리 갈망해도 얻지 못할 심연의 고독을 넌 이미 가졌잖아. 고독한 소설 지망가, 나랑 건배 한번 하자. 안 마시면 너 평소점수 깎을 거야."

침묵을 깨고 다정의 손을 끌어당겨 잔 테두리를 맞추었다. 그날 그 애는 몸을 가누지 못 할 만큼 취해버렸고, 나는 무책임하게도 자리에서 먼저 일어섰다. 그리고 이튿날 아침에 눈을 떠 새벽에 온 문자메시지를 확인했다.

-겨수ㅜ님 저 ㄴㅒ일 학교 못가거 같아요 너무 고독ㅎㅒㅅㅓ 아무라도ㅡㅡ 따라가려고오

새벽 세 시에 다정은 너무 고독한 나머지 누군가를 따라가버렸다. 그러곤 지금껏 돌아오지 않고 있다. 나는 다정이 어디선가 생을 마감했다는 걸 느낄 수 있었다. 그건 육감이나 예지력이 아니었다. 수없이 경찰에 문의한 다정의 생활반응, 그리

고 기간별 실종자 귀가 통계자료에 근거해 내린 결론이었다.

나는 다정의 시신이라도 찾기로 마음을 바꾸었다. 전국의 시신안치소를 드나들며 무연고 시신을 확인했다. 그러나 스무 살의 꽃다운 처녀가 행려자로 발견되는 일은 극히 드물었고, 인상착의가 비슷하던 얘기에 제주도와 마산, 원주까지 달려갔다. 그때마다 다정이 아니기를 바라면서 이젠 그 애를 만나고 싶다는 상반된 감정에 휩싸이곤 했다. 그러다 만나게 된 사람이 나를 이 길로 인도했다.

대전의 한 안치실 복도였다. 묵주를 쥔 채 턱을 달달 떨며 벽에 기댄 수녀가 눈에 들어왔다. 언뜻 내 또래로 보이는 얼굴이었다. 숙연한 마음에 고개를 숙이고 그 곁을 빠른 걸음으로 지나쳤다. 순간, 코를 찌르는 강렬한 향이 복도를 가득 메웠다. 수녀가 향을 지녔을 리는 없고, 다른 층 장례식장에서 흘러나온 향내거니 짐작했다.

"저…… 나 좀 봐요."

수녀가 내 옷깃을 건드렸다. 흠칫 놀라 그녀를 돌아보았다. 나보다 한 뼘은 작은 키에 뺨이 허룩하게 마른 얼굴이었다.

"사람 찾으러 다니고 있죠?"

"그걸 어떻게……."

"다른 안치실에서도 그쪽 본 적이 있어요. 이거 줄게요. 난 이제 필요 없어졌으니까."

수녀가 호주머니에서 작은 향낭 하나를 꺼내 내게 건넸다.

"여기서 향내가 났군요."

그제야 진한 향내의 진원지를 알아차렸다.

"나도 지금처럼 안치실에서 만난 어떤 아주머니가 주신 거예요. 덕분에 잃어버린 사람을 찾았으니 이젠 당신이 써요."

"향으로 사람을 찾을 수 있다고요?"

수녀의 말이 좀처럼 믿기지 않았다.

"종교인이 할 말은 아니지만, 이걸 지니고 있으면 귀신들이 보여요. 더 이상 살아 있다고 믿어지지 않는 사람을 산 사람들 속에서 찾을 순 없죠. 그래서 귀신들에게 물었어요. 내가 찾는 그 사람의 영혼이 어디 있는지."

이야기가 구체화되었지만 여전히 황당하긴 마찬가지였다.

"물어보면 가르쳐 주던가요?"

"네, 그래서 내가 돌보던 아이를 오늘 찾은 거예요. 그걸 가르쳐 준 귀신도 주님의 은총으로 이승을 벗어날 수 있었고요."

향낭에서 노르스름한 빛이 흘러나왔다.

"안에 든 게 뭐죠?"

"푸른사향노루의 향샘이라고 하더군요. 너무도 귀한 물건이니 절대 남에게 빌려줘선 안 됩니다. 혼자만 알고 있어요. 그보다 귀신들에게 답을 얻으려면 그들이 원하는 걸 한 가지 들어줘야 해요. 그것만은 꼭……."

수녀의 눈시울이 다시 붉어졌다. 그녀는 대체 어떤 죄로 누구를 잃었기에 한 줌이 되도록 야위어 안치소를 떠돌았던 걸까. 나는 빛이 일렁거리는 향낭을 손에 꼭 쥐었다. 그러자 복도를 가득 채운 남루한 복장의 영혼들이 하나둘 드러났다. 수녀의 곁에 열 살배기 소년이 바짝 붙어선 모습이 보였다. 비록 추레한 복색이었지만 환하게 웃는 소년이 수녀의 허리에 팔을 감았다. 그리고 소년이 말했다.

"수녀님, 나 있잖아. 다시는 친부모님 만나러 안 갈래. 날 보자마자 무척 화를 냈어. 하마터면 죽는 줄 알았다니까."

수녀가 서럽게 어깨를 들썩였다.

★

나는 강의 시간 동안 지저분해진 화이트보드를 지웠다. 내내 꾸벅거리며 졸던 남학생이 부스스 잠에서 깬 손으로 입을 가리고 하품을 했다. 화이트보드에 '눈'이라 쓰고 괄호 안에 눈 설(雪) 자를 적었다.

"오늘 읽은 작품 결말에 눈이 쏟아졌습니다. 문학작품에서 눈은 고난이나 시련을 상징하기도 하지만 여기선 정화의 의미로 사용됐죠. 작가는 주인공이 느끼는 죄책감을 눈으로 정화하며 새로운 성장 가능성을 제시한 겁니다. 자… 질문 있나요?"

대개는 질문하는 학생이 없기 마련이다. 세 시간 연강은 교수도 학생도 지치기 마련이니까.

"질문 없으면 오늘은 이만 끝냅시다. 다음 시간은 기말고사니까 시간 엄수하세요."

수업을 마무리 짓고, 지각생들이 출석체크를 하느라 몰려들었다. 저녁 아르바이트를 하는 학생들이 부리나케 강의실을 빠져나갔고, 몇몇은 책상에 걸터앉아 심심파적 잡담을 나누었다.

"교수님!"

강의실을 나서자, 앞머리만 더듬이처럼 탈색한 긴 생머리 조예슬이 종종걸음으로 다가왔다.

"응, 예슬이 무슨 일?"

반투명하다시피 맑은 피부에 살구색 입술은 영락없는 스무살이었지만 속눈썹이 짙다 못해 무거워 보이는 눈은 어딘가 달관한 노인처럼 깊어 보이는 아이었다.

"저기 소금물……."

"응?"

내가 되묻자 예슬이 호주머니에서 약포지 하나를 꺼냈다.

"이게 뭐니?"

"천일염이요. 가끔 필요한 일이 있어서 갖고 다녀요. 그거 물에 타서 입에 잠깐 머금었다 뱉으세요."

예슬이 태연하게 가글하는 시늉을 했다.

"왜 그래야 하지?"

"지금 어깨 뻐근하지 않으세요?"

"조금."

"얘기하자면 좀 복잡한데, 그냥 한번 해보세요. 전 효과 보거든요."

예슬이 내게 천일염이 든 약포지를 건네곤 수인사를 한 뒤 경쾌한 걸음으로 복도를 달려갔다. 나풀대는 머리카락, 새까만 운동화 밑창, 노란 리본이 달랑거리는 그 애의 백팩을 보며 나는 자그맣게 속삭였다.

"너… 뭔가 볼 줄 아는 애구나!"

향낭이 없어도 귀신을 볼 줄 아는 사람들이 있었다. 제대로 신내림을 받은 무당은 당연했고, 보통 사람들 중에도 영안이 튄 경우가 종종 있다고 했다. 예슬이라면 좀 더 대담한 방식으로 귀신과 접촉하고 대화하는 일이 가능할지도 몰랐다.

"교수님, 이제 퇴근하시는 거예요?"

연구실을 나와 주차장으로 향하는 길에 우재를 만났다. 그역시 수업 시간에 맞춘 퇴근시간이었다. 수염자국 없이 매끈한 턱과 셔츠가 빠듯하게 벌어진 어깨, 부유하게 자라 귀티 흐르는 얼굴이 그의 시보다 매력적이긴 했다. 우재는 대학원에서 민속학을 전공하며 짬짬이 시를 쓴다고 했다. 지방 신문사에서 한 차례 등단을 했지만 원고 청탁이 없어 다시 등단을 준비한

댔다.

"날씨가 갑자기 추워졌네. 같이 가자. 학교 앞에 내려줄게."

"감사합니다!"

"나 담배 한 개비만 피울게."

나는 숄더백을 열며 주차장 앞 흡연실로 들어갔다. 우재가 몇 걸음 떨어져서 머쓱한 얼굴로 나를 바라보고 있었다.

"김 조교는 피울 줄 몰라?"

"전 술도 못 마시잖아요. 1학년 O.T 따라갔다가 소주 한 잔 마시고 녹다운돼서 아직도 놀림받아요."

"아, 1학년 중에 조예슬 있지?"

우재라면 예슬에 대한 정보를 더 알지도 몰랐다.

"네, 조예슬 압니다."

"어떤 학생이야?"

"출석률 좋고 예의 바른 것 같아요."

"집이 서울인가?"

"아뇨, 자취한대요. 저기 학교 앞 고시텔 보이시죠?"

우재가 가리킨 곳은 학교 앞 연구동과 마주 선 위치였다.

"저기 산대?"

"네, 독서실 총무처럼 알바하면서 방을 쓴대요. 부모님이 일찍 돌아가셔서 어려운 모양이에요."

뜨문뜨문 불이 켜진 고시텔을 바라보며, 나는 몇 모금 빨다만 담배를 비벼 끄고 약포지를 찢었다.

"약 드세요?"

우재가 물었다.

"비슷해."

나는 천일연을 입안에 털어 넣은 뒤 숄더백에서 생수를 꺼내 입을 헹궈 뱉었다. 우재가 고개를 갸웃거리며 미소 지었다.

"교수님, 이거 뭔가 샤머니즘 의식 같은데요."

"김 조교, 촉 좋네."

오후 내내 어깨를 짓누르던 통증이 사라졌다.

"촉은 교수님이 좋은 거 같은데요. 작년에 계간지에 발표하신 단편 〈월하택시〉 읽었어요. 밤마다 귀신을 실어 나르는 택시 기사 얘기요. 이거 혹시 교수님의 자전적 얘기 아닐까 상상해 봤어요. 진짜 귀신 같은 거 본 적 있으시죠?"

나는 우재를 태우고 시동을 걸었다.

"작가와 작품은 별개라고 하지만 난 완전히 별개인 경우는 못 봤어."

설명을 보태고 싶지 않았다. 눈치가 빠른 사람이니 이쯤에서 호기심을 멈춰 주기 바랐다. 시트에 열선을 켜고, 숄더백에서 향낭을 꺼내 룸미러에 걸었다.

"역시 뭔가 있군요. 저 이번 학기에 신화연구하면서 자료 찾다보니까 이런 삼베주머니도 샤머니즘 의식에서 자주 쓰이더라고요."

"향낭이야. 안엔 푸른 사향노루의 향샘이 들었다고 하더라."

"아무 냄새도 안 나는데요. 게다가 푸른색 사향노루가 진짜 있어요?"

향낭은 간절히 누군가를 찾는 사람 앞에서만 발동했다.

"나도 좀 알아봤는데, 세상에 딱 한 마리가 있었대. 누구도 그 녀석이 뭘 먹고 어디 사는지 몰랐다고 하더라. 이를테면 전설이지. 나도 안을 들여다본 적은 없어."

"아아……. 이런 건 어떻게 구하신 거예요?"

"그 얘긴 나중에 하자. 길거든."

차를 출발시켰다. 더는 푸른 사향노루에 대해 말할 수 없었다. 그건 우재가 아니라 누구여도 마찬가지이다. 세상에 단 한 마리였고, 이제는 완전히 사라진 그것의 향샘을 가진 사람은 입이 무거워야 한다고 말해준 사람 탓이었다.

나는 네 개의 사거리를 지나 우재가 다니는 대학원 앞에 그를 내려 주었다. 사근하게 웃으며 인사를 하는 그에게 손을 흔들어주고 천천히 도심을 빠져나왔다. 집과 점점 멀어지고 있었지만 이것도 하루의 일과 중 하나이니 고단해도 피할 수 없는 일이었다.

시 외곽의 국도에 접어들자 상점과 아파트들이 줄어들었다.

초겨울의 해는 짧았고, 아직 아홉 시도 되지 않았지만, 위성도시 변두리는 한산했다. 운전을 하는 틈틈이 향낭을 바라보았다. 아직 기척이 느껴지지 않다. 허기를 채워야 할지 더 운전을 해야 할지 고민하며, 마을버스 한 대를 앞질렀다. 그때, 아무 냄새도 풍기지 않던 향낭에서 묵직하고 부드러운 향이 차 안에 퍼졌다. 삼베주머니의 성긴 올을 뚫고 노란 전구처럼 밝은 빛이 쏟아졌다. 차를 세워야 한다는 신호였다.

갓길에 차를 세우고 비상점멸등을 켰다. 그리고 오늘의 손님을 기다렸다. 1년 넘게 해 온 일이지만 여전히 이 순간만큼은 긴장이 됐다. 나는 뻑뻑한 눈에 인공누액을 떨어뜨리고 핸들을 바투 쥐었다. 그때 누군가 뒷좌석 창문을 두드렸다.

"저기요, 운행하세요?"

흰 티셔츠에 남색 카디건, 크로스백을 맨 청년이었다. 어딘가 낯이 익은 얼굴이었다. 제자들 중 한 명이었나 싶어 유심히 살펴보았지만, 선뜻 떠오르는 이름이 없었다.

"네, 그럼요. 타세요."

내가 대답하자, 청년은 무척이나 기쁜 표정을 지으며 뒷좌석 문을 열고 앉았다.

"택시가 어찌나 안 잡히던지……. 집에 못 가는 줄 알았어요. 고맙습니다."

스무 살에서 스물두 살쯤 되어 보이는 청년이 안경을 벗어

앞섶으로 슥슥 닦으며 살갑게 인사를 건넸다.

"어디로 모실까요?"

내비게이션에 타이핑 할 준비를 하며 물었다.

"태화연립이요. 가련동 빗물펌프장 근처예요."

나는 내비게이션에 태화연립을 타이핑했지만 나오지 않았다. 가련동 빗물펌프장 근처엔 주거단지가 없었다.

"잠시만요."

스마트폰으로 태화연립과 가련동 빗물펌프장 키워드로 검색을 했다. 그러자 2006년 12월 7일 날짜로 태화연립 화재사건 기사 몇 개가 떴다. 공장 도산과 아들의 실종으로 낙심한 가장이 방화를 저질러, 그와 아내가 사망했고, 생존자는 장남뿐이었다. 그 사건을 계기로 노후된 태화연립은 철거의 수순을 밟았다.

"기사님, 차에 달아놓은 그 기계는 꼭 컴퓨터 모니터 같네요. 신기하다."

청년은 15여 년 전의 망자였다. 나는 어떻게 해야 할까 잠시 망설이다, 이들은 목적지에 도착하지 않으면 내 차에 지박령이 되어 영영 들러붙는단 사실을 떠올리곤 액셀러레이터를 지그시 밟았다. 차가 묵직한 어둠을 밀고 나갔다.

"출발합니다."

태화연립이 사라졌어도 그 자리에 가면 무언가 청년을 기다리고 있을지도 몰랐다. 그는 오늘 밤 나의 손님이고 나는 그의 충직한 드라이버가 되기로 했으니 달리는 수밖에 없다.

청년이 살아 있었다면 나와 비슷한 연배일 터였다. 금융위기의 직격탄을 맞은 부모들은 서둘러 아들들을 군대에 보냈고, 취입이 막막한 졸업반은 다단계 사무실에 줄지어 앉아 허황된 미래를 꿈꿨다.

"군대는 갔다 왔어요?"

청년은 어느 쪽이었을까.

"입영 신청은 했는데 대기자가 한참 밀려서 언제 갈지 모르겠어요."

창밖을 물끄러미 내다보는 청년의 모습이 차창에 비치지 않았다. 내 차는 보통 사람들의 눈엔 흔해빠진 검정색 세단으로 보이지만, 향낭을 걸어놓으면 망자들에겐 택시로 보인다. 차를 이용하는 승객들은 각자 이런저런 사정이 있어 저승으로 넘어가지 못한 영혼들이었다. 그 탓에 주로 무연고자나 범죄희생자들이 타기 마련이라 이렇게 젊고 건장한 청년은 무척이나 오랜만이었다.

어느덧 차는 가련농 빗물펌프장을 3킬로미터 남긴 거리에 도착했다. 자정이 가까웠고, 부슬비가 흩뿌리기 시작했다.

"이 길 기억나요?"

나는 내비게이션의 안내를 따라 핸들을 꺾으며 물었다.

"토요일이라 그런지 공장이 다 닫았네요. 이쪽 길로 쭉 빠우 공장이 이어지거든요. 스테인리스에 광내는 공장이요."

도시에서도 가장 빈민이 많은 지역이었다. 공장단지가 있었지만 쇠락한 지 오래였다. 가로등이 없었다면 유령도시라 해도 믿을 법했다.

"뭔가 다르네요."

청년이 불안한 표정으로 풍경을 바라봤다.

"뭐가요?"

"이 도로요. 원래 차선이 두 개뿐이었고, 좌우로 공장이 있어야 하는데 4차선이잖아요. 게다가 아침까지만 해도 없던 가게가 생겼어요. 저 건물들도 못 보던 거예요."

진실을 말해야 할까. 하지 않는다 해도 내게 불이익이 생기는 건 아니었다. 엄밀히 따지자면 난 진짜 택시기사처럼 운행원에 지나지 않는다. 길 잃은 귀신을 목적지까지 데려다주면, 그날 밤 가족들의 꿈에 영령이 나타나 그간 건네고 싶었던 메시지를 전하곤 한다.

"이 정도 거리면 우리 집이 보일 만도 한데 아무것도 없어요. 기사님, 하루 사이에 무슨 일이 일어난 걸까요."

진실을 말할지 말지 고민되는 건 그가 다른 귀신들과 달리 목적지가 사라진, 지극히 운 나쁜 케이스이기 때문이었다. 이대로 청년을 내려주면 다시 새로운 땅에 발이 묶일 게 뻔했다.

그렇게 오래 묵은 귀신은 한과 원이 쌓여 악귀가 되고 만다.

"손님, 사실…… 사실 말이죠……."

이런 일에 무감해질 때도 되었지만 여전히 마음이 거북했다.

"진짜 제가 죽은 건가 봐요. 사람들 말이 맞았어요."

늦밤의 대답이었다. 그는 자신이 죽은 걸 알고 있었다. 룸미러로 본 청년의 얼굴이 달처럼 차갑게 식어 있었다.

"누가 그런 말을 했어요?"

"저랑 같이 택시를 기다리던 사람이 몇 명 있었어요. 사실 우린 죽은 거고 시신조차 찾지 못해 실종처리된 귀신이라고요. 그땐 안 믿었죠. 전 여전히 배가 고프고 소변이 마려울 때도 있고 다리가 아프기도 했거든요. 그런데 지금 생각해 보니 밥을 먹은 기억도 없고, 화장실에 다녀온 것도 아닌데 모든 욕구가 깨끗이 사라졌네요."

청년의 목소리는 생각보다 차분했다. 그가 양손을 들어 올려 자신의 얼굴에 마른세수를 했다. 그러자 귀와 코에서 붉은 흙이 후두두 떨어졌다. 관조차 없이 맨땅에 시신이 묻힌 귀신들에게서 종종 보이는 현상이었다.

"그걸 말해준 사람들은 어떻게 됐어요?"

"다른 택시를 탔어요."

다른 택시는 없었다. 푸른 사향노루는 세상에 단 한 마리였고, 그 향샘은 이젠 나 혼자 갖고 있으니까. 불길한 기운에 입안이 바짝 말랐다.

"혹시 택시 기사를 봤나요?"

"네. 근데 기사님처럼 평범한 외모는 아니었어요. 남자였고, 검정색 후드티에 한밤중인데도 선글라스를 쓰고 한쪽 얼굴에 뱀 문신이 있었어요."

향낭도 없이 귀신을 실으려면 대단한 영능력이 있거나 인간이 아닌 귀신일 터였다. 마지막 질문이 남았다. 나는 휴대폰 앨범에서 다정의 증명사진을 찾아 청년 앞에 들이밀었다.

"이름은 안다정, 스무 살이에요. 본 적 있나요?"

그가 고개를 가로저었다.

"지금은 너무 혼란스러워서 아무것도 생각나지 않아요."

나는 억지스레 그에게 미소를 지어보이고 창문을 조금 내렸다. 찬비가 얼굴로 끼쳤다. 일단 내 본연의 임무를 다하고 생각해 보기로 했다. 100미터 앞에 어둑한 공터가 보였다. 청년이 아랫입술을 깨물며 아무것도 없는 그곳을 멍하니 응시했다. 아마도 그쯤에 태화연립이 있었을 것 같았다.

"정말 없어졌네요."

차를 멈추고 상향등을 켜 공터를 비췄다. 연립이 있어야 할 자리엔 수풀과 낡은 포장 트럭 한 대가 전부였다.

"저는 손님을 딱 한 번만 태워다 줄 수 있어요. 이제 내리셔야 해요."

청년은 울상을 지으며 웃음소리를 냈다.

"죽은 건 알겠어요. 근데 저기 있어야 하잖아요, 우리 집이······! 왜 없어요?"

나는 의자를 조금 젖히고 은색 바늘처럼 떨어지는 빗줄기를 눈으로 훑었다. 그가 빨리 감정을 추스르고 차에서 내리기를 바랐다.

"15년이나 시간이 흘렀으니까요. 그걸 받아들이고 기다리면 밝은 빛이 손님을 이끌 거예요. 그걸 따라가면 편안해질 테고요. 제가 드릴 수 있는 조언은 여기까지예요."

청년이 결단을 내려주길 기다리며 물끄러미 차창을 바라보았다. 그때 공터 어둠 속에서 빨간 점 하나가 반짝 빛났다.

"너 수혁이냐?"

빨간 점은 담뱃불이었다. 긴 한숨처럼 연기를 내뱉고, 다시 빨간 점이 점멸했다.

"제 이름이 수혁이에요. 형이야?"

드디어 내 임무가 끝나가는 걸 느낄 수 있었다. 향내가 서서히 잦아들기 시작했다. 수혁이 뒷문을 열고 차에서 내렸다. 어둠 속에서 어둠보다 짙은 실루엣 하나가 움직였다. 거구의 사내였다. 그가 담배를 바닥에 던지고 비벼 끄는가 싶더니 성큼성큼 걷기 시작했다.

"그래 형이다. 수혁아, 거기 혼자야?"

사내의 물음에 수혁이 크게 고개를 끄덕였다. 얼마나 오랜 시간, 사내는 동생을 기다려왔던 걸까. 그 염원이 얼마나 강하면 귀신이 된 동생을 한눈에 알아본단 말인가. 사이드미러엔 반투명해진 수혁이 휘청휘청 공터로 걸어가고 있었다.

★

패딩에 롱스커트, 캉골 가방을 든 예슬은 세 개들이 마카롱 상자를 들고 내 연구실로 찾아왔다. 옷차림은 제 또래들과 다를 바 없었지만, 찰나에 연구실 안을 훑는 눈빛만큼은 노인처럼 노련했다.

"교수님! 저 찾으셨다고요?"

우재에게 부탁해 과제물을 복사하러 온 예슬을 연구실로 불렀다.

"잘 왔어. 궁금한 게 있어서."

나는 머그잔에 뜨거운 물을 붓고 우롱차를 우려 예슬 앞에 내려놓고 마주 앉았다. 예슬이 고개를 갸웃하며 숨을 깊게 들이마셨다.

"과제 때문에 그러세요?"

예슬이 놀란 눈을 동그랗게 뜨고 물었다. 굼실대는 속눈썹 아래로 깊은 우물처럼 새까만 눈동자가 일렁거렸다.

"아니. 좀 사적인 질문이야."

"사적이고 영적인 질문 하시려는 거죠?"

역시 예리한 아이였다.

"그렇지."

"어제 교수님 이께에 귀신 파편이 잔뜩 묻어 있었어요. 그냥 달고 다니면 몸도 아프고 꿈자리 사납거든요."

예슬이 주뼛거리지 않고 시원하게 털어놓았다.

"그걸 어떻게 안 거야?"

"지금은 돌아가셨지만 엄마가 무당이셨어요. 엄마의 엄마도, 그리고 그 엄마까지. 웬만하면 피해보려고 노력 중인데, 그래도 눈에 보이고 귀에 들리는 건 어쩔 수 없더라고요."

예슬은 연구실에 남아 있는 향낭의 향을 맡느라 줄곧 길게 숨을 들이마셨다. 평범한 사람에겐 아무 냄새도 느낄 수 없는 향인 데다, 지금 향낭은 내 차 안에 있다. 예슬은 잔향까지 느낄 만큼 민감한 부류의 사람이란 뜻이다.

"이 방안에 우리 말고 또 누가 있지?"

내 질문에 예슬이 숫자를 헤아리듯 고개를 끄덕거렸다.

"아주 많은 사념체들이요. 사람이 오가며 남긴 에너지죠. 그리고 귀신도 하나 있어요."

향낭이 차에 있어 내 눈엔 보이지 않았다.

"어떻게 생겼지?"

"하얀색 티에 네이비색 카디건을 걸쳤고, 안경 썼어요. 떠오르는 사람 있으세요?"

어젯밤 공터에서 내려준 수혁과 비슷한 모습이었다. 형을 만나 원을 풀고 천도되었을 줄 알았는데 왜 나를 따라온 건지 짐작할 수 없었다.

"아는 사람 같아. 별 다른 말은 없고?"

내 물음에 예슬이 의자에서 일어서 내 책장 맨 위 칸을 빤히 바라보았다.

"뱀…… 문신…… 남자?"

어제 수혁이 들려준 뱀 문신을 한 박수무당이 떠올랐다.

"그 남자가 왜? 뭔가 아는 게 있대?"

예슬이 눈을 질끈 감고 심호흡을 하며 책장 앞으로 다가앉았다.

"이 사람이 어제 다 못 한 얘기가 생각났대요. 그 문신 한 남자를 한 번 더 본 적이 있다고 하네요. 그 사람이 흉가체험단을 끌고 고스트스팟을 찾아다녔는데 손바닥만 한 텔레비전? 그게 뭐지? 태블릿 같은 거려나. 암튼 그런 걸로 사람들한테 이런저런 얼굴들을 보여줬대요. 사진은 아니고, 3D 이미지였는데 그중 한 명의 이름이 다정이라는데요?"

순간 머리채를 잡혀 물이 가득 찬 욕조에 고개가 저박히는 기분이었다. 죽었을 거라고 예상은 했지만, 누군가에게 사로잡

174

혀 있을 줄이야.

"태블릿으로 사진을 보여준 다음 어떻게 했단 얘긴 없고?"

"남자가 강령술을 했나 봐요. 체험단을 둥글게 모아놓고 손을 잡게 한 뒤에 이미지로 보여준 영혼을 불러냈대요. 물건을 움직이게 하고, 목소리도 듣게 해줬대요. 그 다정이라는 사람도 억지로 불려 나왔는데, 많이 겁먹고 힘들어 보였대요."

박수무당은 귀신을 팔아 돈을 벌고 있었다. 영혼을 사로잡아 자신의 영력을 높이고, 그 힘으로 새로운 영혼과 인간들을 끌어들이고 있었다. 다정이 그에게 사로잡힌 걸 알게 되었으니 이제 놈의 뒤를 쫓아야 했다.

"예슬아, 나 좀 도와줄래?"

예슬의 얼굴에 낭패감이 스쳤다. 귀찮은 일에 휘말리는 게 탐탁지 않을 터였다.

"무슨 사연인지 몰라도 저 시간 내기 힘들어요. 시험기간이잖아요. 장학금 놓치면 휴학해야 한다고요."

"등록금은 내가 줄게. 장학금도 받고 등록금도 받으면 훨씬 여유롭잖아. 나 꼭 찾아야 할 사람이 있어."

내 대답에 예슬이 하아, 길게 한숨을 내쉬었다. 그녀는 더이상 소녀가 아니다. 서로가 원하는 걸 제시하고 악수를 하는 것, 그게 어른들의 세계였다.

"아까 그 다정이라는 사람 찾고 계신 거죠?"

"궁극적으론 그래. 그 앨 찾기 위해선 뱀 문신을 한 남자, 박수무당을 먼저 만나야겠지. 그가 어디 있는지 알아내야 해. 고스트스팟이라는 곳 너도 아니?"

예슬이 대답 대신 길게 눈을 끔뻑 감았다.

★

나는 편의점에서 내 것과 예슬이 몫의 카페인 음료를 사 차로 돌아왔다. 뒷자리엔 예슬, 그리고 향낭 덕분에 볼 수 있게 된 수혁이 나란히 앉아 있었다. 비슷한 또래의 둘은 삶과 죽음의 아슬아슬한 경계를 두고 사이좋은 남매처럼 서로를 바라보았다.

어느덧 밤이 깊어갔다. 외진 길만 골라 다니다 보면 인터넷에 흉가로 이름난 곳도 있기 마련이다. 때론 액션캠을 이마에 고정한 흉가체험 유튜버나 심령동호회와 마주치기도 했다. 그들이 들이닥친 흉가에서 도망쳐 나온 귀신들이 긴 팔다리를 허우적거리며 도로로 뛰어들 때면 등줄기에 땀이 맺히곤 했다. 제아무리 이름난 흉가라 해도 젊은이들이 뿜어내는 혈기와 양기를 꺾을 만큼 강한 귀신은 살지 않는단 얘기였다.

"교수님, 저 앞에 낙원요양병원 요즘 뜨는 고스트스팟이래요. 저 지켜주시는 수호령님이 절대 가지 말라는 거 보니까 뭔가 있을 거 같아요."

예슬이 도로변 6층짜리 폐건물을 손가락으로 가리켰다.

"저런 델 휘젓고 돌아다닌다는 기지? 폐건물에 사는 건 노숙자처럼 갈 데 없는 불쌍한 귀신들이야. 흉가체험 한다고 인간이 들이닥치면 겁먹고 고라니처럼 뛰쳐나오지. 그러다 운전자한테 뛰어들면 교통사고가 나는 거고."

낙원요양병원에 다가갈수록 향낭이 빛나며 향이 짙어지기 시작했다. 손님이 기다리고 있다는 의미였다. 흉가에 숨어 살 만큼 예민하고 겁 많은 귀신과는 대화를 트는 일이 녹록지 않았다.

"요양병원 앞에서 차 세울 거야. 박수무당을 아는 귀신이면 좋겠다."

예슬이 긴장된 표정으로 고개를 끄덕였다.

"저…… 그럼 전 뭘 하죠?"

수혁이 멋쩍어하며 위치를 조수석으로 옮겼다.

"동행해준 건 고마운데, 수혁 씬 이제 하늘길로 올라가는 게 좋지 않겠어요?"

천도가 되어야 그의 영혼도 쉴 수 있을 터였다.

"마지막으로 이승에서 꼭 가고 싶은 데가 있어서요. 그 박수무당이라는 놈 잡으면 데려다 주세요."

가고 싶은 곳이 어디인지 모르지만, 한 맺힌 영혼의 청을 거절할 수 없었다.

"그렇게 합시다."

내 대답에 수혁이 검지로 안경을 치켜올리며 기분 좋게 웃었다.

"어, 저기!"

예슬이 손가락으로 도로변 공터를 가리켰다. 거긴 흰색 피케원피스를 입은 키 큰 여자가 손을 휘젓고 있었다. 차를 멈추자, 여자가 희색이 만연한 표정을 지으며 뒷좌석 문을 열었다.

"합승이에요?"

예슬을 보고 한 말이었다.

"네, 괜찮으시죠?"

내 대답에 여자가 손가락으로 OK모양을 만들어 보였다.

"기사님, 짐 하나만 트렁크에 실어주세요."

이런 요청은 처음이었다. 여자가 서 있던 자리엔 프린터만한 크기의 캐리어가 놓여 있었다. 환영으로 만들어낸 것이라면 그녀가 들고 탔을 테니, 저건 실재하는 물건이라는 뜻이었다. 오랜 기간 그곳에 있었는지, 캐리어는 흙먼지를 뒤집어쓰고, 겉면엔 자잘한 흠집이 가득했다.

나는 운전석에서 내려 여느 기사들처럼 손님의 캐리어를 들었다. 섬뜩하고 찬 기운이 내 손끝을 타고 팔로 흘렀다. 예사롭지 않은 물건이라는 생각에 서둘러 트렁크에 넣고 문을 닫았다.

"어디로 모실까요?"

운전석으로 돌아와 여자에게 물었다.

"수표동 사거리 오피스텔 앞이요."

나는 액셀러레이터를 밟으며 여자의 행색을 훑었다. 짧은 보브컷에 서구적인 이목구비, 늘씬한 몸매의 20대 중반인 그녀는 어쩌다 요절한 걸까.

"저기, 언니! 어쩌다 이렇게 됐어요? 나이도 아깝고, 미모도 아까워요."

내가 궁금했던 걸 예슬이 스스럼없이 물었다. 저러다 화라도 나서 터지면 어쩌려고.

"아아……. 이게 다 박수무당 때문이에요. 망할 자식!"

그녀의 입에서 박수무당이라는 말이 나오자 나와 예슬, 수혁이 동시에 흠칫 놀랐다.

"손님, 어떤 일이 있었는지 여쭤봐도 될까요?"

내 질문에 여자가 고개를 크게 끄덕였다.

"그럼요! 아무라도 붙잡고 얘기하고 싶었단 말예요."

여자가 파르스름한 입술을 앙다물었다.

★

낙원요양병원이 재정난으로 문을 닫을 무렵, 여자는 원무과에 남은 유일한 직원이었다. 더 이상 입원환자를 받지 않아 1층 원무과는 줄곧 한산했다. 그녀는 무료하게 시간을 허비하지 않고 구직사이트에서 새 직장을 검색했다. 한참 자기소개서를 수정하고 있던 그녀의 귀에 딩동, 출입문 열리는 소리가 들렸다. 얼른 휴대폰을 내려놓고 허리를 곧추세웠다.

"이수정?"

라이더재킷에 투블록헤어, 작은 캐리어를 든 남자였다. 날렵하게 여민 입술이 여자의 이름 수정을 호명했다.

"네, 맞는데요. 누구세요?"

유난히 검고 커다란 눈동자가 수정을 빤히 바라보았다. 진한 쌍꺼풀, 수술로 들어 올린 것처럼 날카로운 콧대에 턱수염을 기른 남자가 피식 웃었다.

"나 재준인데 기억 안 나? 성상중학교."

그녀가 성상중학교를 졸업한 건 사실이었다. 하지만 수정의 기억 속에 재준이라는 이름은 없었다.

"잘…… 기억이……. 미안하네."

"응, 기억 못할 줄 알았어. 내가 워낙 찐따였거든."

재준이 멋쩍게 웃어보였다. 그러자 벌어진 앞니가 수정의 눈에 들어왔다. 이 사이가 벌어진 소년, 키가 작고 몸집이 왜소한데다 늘 또래무리에서 겉돌던 자그마한 얼굴이 재준 위로 오버랩됐다.

"나 살짝 기억나려고 해. 2학년 때 같은 반이었을걸? 그땐 되게 조용했던 거 같은데, 너 많이 달라졌다."

수정이 반가운 마음에 재준에게 악수를 청했다. 그 순간 어쩐지 그의 손등에 새겨진 비늘 모양의 문신이 슬쩍 꿈틀댄 것도 같다고 느꼈다.

"고맙네. 존재감 제로인 나를 기억해주고."

"근데 여긴 무슨 일이야? 가족이 입원했어?"

수정의 물음에 재준은 빈 로비를 쭉 한 번 훑어보고 그녀 쪽으로 상체를 숙였다.

"아니. 너 만나러 왔어."

"날? 내가 여기 근무하는 건 어떻게 알고?"

학창시절 대화 한 번 섞어본 적 없는 동창이 어떻게 자신의 근무지까지 알고 찾아왔는지 의아하고 찜찜한 수정이었다.

"인스타 보니까 병원 사진 있길래 너한테 도움 좀 줄까 하고 왔지. 시간 되면 같이 점심 먹자."

때마침 점심시간이었다. 행여 보험이나 다단계, 혹은 종교 권유가 아닐까 염려스러웠지만 수정은 거절할 방법을 몰랐다. 함께 점심을 먹을 동료가 없으니 빠져나갈 구실도 없었다. 그녀가 지갑을 겨드랑이 사이에 끼고 자리에서 일어섰다.

둘은 병원 앞 칼국수 집에서 마주 앉았다. 이윽고 가게 한 편에서 상을 닦던 주인 여자가 반가운 표정으로 다가와 재준에게 알은체를 했다.

"어머, 반가워라. 법사님이 여길 다 오셨네! 그러잖아도 시누이가 법당 좀 가르쳐 달라고 난리예요. 아직도 수표동 사거리 오피스텔 계시죠? 너무 반갑다."

법사라는 말에 수정이 두 눈을 휘둥그레 떴다. 살그머니 수정의 눈치를 살핀 주인 여자가 재준의 귓가에 입을 가져다 대고 소곤거렸다.

"그때 일러주신 대로 했더니 진짜 저절로 애가 떨어집디다. 너무 고마워. 발목 잡혀서 우리 아들 신세 망칠 뻔했잖아."

재준이 쑥스럽게 웃어보이곤, 만두와 칼국수 두 그릇을 주문했다.

"왜 너한테 법사님이라고 해? 스님도 아니잖아."

"나 박수무당이거든. 무당님이라고 부를 수 없으니까 법사님이라고 하는 거야."

수정은 다행이라고 생각했다. 적어도 그녀가 걱정하는 보험, 다단계, 종교는 아니었으니까.

"저 아줌마가 뭘 되게 고마워하네."

"사실 저 아주머니 아들이 이제 고3인데 동네 누나랑 사고쳐서 결혼을 하네마네 하는 걸 내가 해결해줬어."

사고란 임신을 의미할 터였고, 해결이란 아까 두 사람의 대화처럼 저절로 아이가 유산되었다는 의미리라 수정은 짐작했다. 부도덕한 일을 벌이고도 한 치의 부끄러움도 없는 주인 여사와 재준이 뻔뻔하게 느껴졌다.

"나 도와주겠다는 건 무슨 얘기야?"

어느새 찐만두 한 접시가 두 사람 앞에 놓였다.

"너 임금 체불됐지? 퇴직금도 못 받게 생겼고."

재준의 말에 수정이 한입 먹으려고 들었던 만두를 내려놓았다. 그의 말대로였다. 급여는 두 달이나 체불되었고, 지금 상황에서 6년 일한 직장의 퇴직금도 건지기 어려웠다.

"맞아. 어떻게 알았어?"

"무당이니까 귀신한테 물어봤지. 그 병원에 유난히 귀신이 득실득실하거든. 임금 받을 방법 알려주러 왔어."

"얘, 나 돈 없어. 굿이나 부적 같은 거 할 생각도 없고. 노동부에 민원 넣을 거야."

수정은 본능적으로 재준이 부담스러웠다.

"난 다른 무당들처럼 굿이나 부적 같은 거 안 해. 게다가 돈 받을 생각도 없고. 넌 심부름 하나만 하면 돼."

수정은 훗날 미치도록 후회할 선택을 했다. 누군가 자신에게 공짜로 호의를 베풀 땐 의심부터 하는 게 옳다는 걸, 그땐 몰랐다.

"무슨 심부름인데?"

"귀신들 얘기가 너희 원장 바람피우다 재작년에 이혼했다는데, 맞아?"

사실이었다. 모두 쉬쉬했지만, 미모의 여자가 말쑥한 옷차림으로 원장실을 드나든 지 1년 만에 원장 부부는 파경을 맞았다.

"그런 소문이 있긴 했지."

"원장 전처가 상당한 자산가일 거야. 둘을 다시 붙여놓으면 병원이 다시 굴러갈 수도 있어."

칼국수 두 그릇이 수정과 재준 앞에 놓였다. 재준이 빙긋 웃으며 젓가락으로 국수 가락을 집어 올렸다.

"그건 좀 힘들겠지. 나 같아도 바람피우고 전 재산 탕진한 전남편하고 재결합 안 해."

"안 될 거 같지? 근데 나한테 방법이 있다니까."

"어떤?"

재준이 의자 옆에 내려놓은 캐리어를 들었다 내려놓았다.

"연연물이란 거야. 연분을 이어주는 물건이 들어 있지. 이걸 원장실에 잘 숨겨 놓고 퇴근할 때 그 앞에 밥 한 그릇만 놓아두면 돼. 터주한테 공양을 하는 거지. 길어야 한 달, 짧으면 이삼일 안에 소식이 들어올 거야."

수정이 캐리어를 넘겨받았다. 안에 어떤 물건이 들었는지 궁금했지만, 재준이 흔쾌히 알려줄 것 같지 않아 국수그릇으로 시선을 옮겼다.

"내가 시키는 대로만 하면 백퍼 받는다! 그때 거하게 한턱 내."

식사가 끝나고 자리로 돌아온 수정은 캐리어를 매만지며 퇴근시간을 기다렸다. 조무사들과 간병인, 그리고 원장이 퇴근한 후, 그녀는 탕비실에 들어가 햇반 하나를 챙겼다. 여전히 께름칙한 마음이 가신 건 아니었지만 캐리어에 든 물건이 저주가 아닌 연분을 잇는 축복이라 생각하자 한결 발걸음이 가벼워졌다. 그녀는 6층 원장실로 올라가 객쩍게 노크를 두 번 하고 살그머니 방문을 열었다. 원장 특유의 체취와 함께 익숙한 풍경이 눈에 들어왔다. 묵직한 마호가니 책상, 색색의 서류철이 꽂힌 5단 책장, 가죽소파와 테이블 사이에서 공기청정기가 돌아가고 있었다.

수정은 원장이 캐리어를 발견하지 못할 곳을 찾느라 한참 골몰하다, 창가에 내려놓고 커튼을 닫았다. 그러고는 햇반 껍질을 벗긴 뒤 방문 앞에 놓았다. 원장보다 일찍 출근해 치우기만 하면 끝날 일이었다. 매일 저녁, 원장실에 들어가 캐리어가 제자리에 잘 있는지 확인하고 햇반을 뜯어놓은 뒤 퇴근했다. 그러기를 열흘. 슬슬 그녀도 지쳐갈 무렵이었다.

그날도 수정은 모두가 퇴근하길 기다려 몰래 원장실에 들어갔다. 하지만 단 한 명, 퇴근하지 않은 사람이 있었다. 병원 밖 주차장에서 자신의 사무실을 바라보다 유리창 안쪽에 무언가 낯선 물체가 있단 걸 눈치챈 원장이었다.

*

자정의 국도는 마치 거대한 구렁이의 뱃속처럼 어둡고 비좁았다. 두 명의 인간과 두 명의 귀신을 태운 자동차가 그 안을 후벼들었다.

"박수무당이 놓아두라고 한 게 트렁크에 실은 캐리언가요?"

내 물음에 수정이 고개를 끄덕였다.

"그걸 왜 아직도 갖고 있어요?"

예슬이 물었다.

"원장이 캐리어를 손에 들고는 갑자기 돌변했어요. 눈빛이며 말투까지 완전 다른 사람이 돼서 메스를 들고 저한테 덤벼들었죠. 원장도 그 자리에서 자살을 해버렸고요. 죽고 보니 박수무당 말대로 병원에 돈이 넘쳐났어요. 원장이 투자실패했던 사업이 대박 나서 외동딸이 돈벼락을 맞았대요. 덕분에 이혼한 사모님만 흥한 거죠."

수정이 눈물 없이 흐느꼈다. 수혁이 고개를 돌려 그녀를 애

잔하게 바라봤다. 돌이켜보면 수혁은 우는 흉내조차 내지 않았
었다.

"왜 아직도 그 캐리어를 갖고 다녀요? 나 같음 무서워서 진
즉 버리고 떠났을 텐데."

수혁이 물었다.

"복수하려고요. 박수무당 찾아가서 돌려줄 거예요. 안에 뭐
가 든 건진 몰라도 사람을 두 명이나 죽게 만든 강력한 물건이
면 그 자식도 뒤지겠죠. 안 그래요?"

가로등 불이 스치며, 수정의 목덜미에 난 메스 자국이 파랗
게 빛났다. 순간의 잘못된 선택으로 죽어서도 고통받는 그녀가
침울한 얼굴로 내 뒤통수를 바라보고 있었다.

"교수님, 이거 아무래도 양밥 같은데요?"

예슬이 수정의 등을 가만가만 두드리는 시늉을 하며 싸늘하
게 뇌까렸다.

"양밥이 뭐야?"

처음 듣는 단어였다. 모르긴 수정도 마찬가지였는지, 예슬
의 대답을 기다렸다.

"그 캐리어 안에 저주를 건 물건이 들어 있을 거예요. 무속
인들은 그런 걸 양밥이라고 하거든요. 박수무당이 만들었으니
본인한텐 안 통하죠. 일단 안에 뭐가 들었는지 열어 봐요."

나는 예슬의 제안대로 갓길에 차를 세웠다. 그러고는 조심

스럽게 차 문을 열고 나가 트렁크를 열었다. 나는 지퍼를 열고 입처럼 다물어진 캐리어를 펼쳤다. 안에는 커다란 뱀이 마치 방금 죽은 것처럼 놓여 있었다. 뱃속에 든 내용물이 얇은 가죽 아래에서 올록볼록 솟아 있는 걸로 미루어, 뱀은 생전 무언가를 많이 집어삼킨 듯했다. 내 등 뒤로 예슬과 수혁, 그리고 수정의 탄성이 들렸다.

"나 전화 한 통만……."

나는 재빨리 사진을 한 장 찍고, 통화목록에서 우재의 번호를 찾아 전화를 걸었다. 자정이 넘었으니 받는다는 보장은 없었다.

"교수님?"

다행히 우재는 곧바로 전화를 받았다.

"늦은 시간에 미안. 뭘 좀 물어보고 싶은 게 있어서."

"괜찮습니다. 저도 논문 쓰느라 아직 안 잤어요."

우재는 민속학 연구자이니 양밥에 대해 우리보다 많은 것을 알고 있을 터였다.

"혹시 양밥에 대해 알아?"

"알죠. 액막이용으로 팥 뿌리고 소금 뿌리잖아요."

"아니. 저주용 양밥 말야. 특히 뱀과 관련된 거. 내가 사진 한 장 보낼 테니 봐줄래."

내 말에 우재가 잠시 숨을 골랐다. 나는 사진을 첨부해 우재에게 메시지를 보내고 그의 대답을 기다렸다.

"뱀이나 지네처럼 독이 있는 생물을 양밥으로 썼다는 건 원한을 극대화해서 생명을 위협하는 용도인데요."

어쩌면 박수무당은 처음부터 누굴 구원하고 싶은 게 아니었을지 몰랐다. 그의 진짜 목적은 원장의 죽음과 이를 통해 이득을 챙길 사람의 수고비였을지도.

"뱃속에 든 둥근 모양이 일정하니 아마도 알 같은 게 들었을 거예요."

고르고 갈쭉한 모양새가 꼭 뱀의 알을 연상케 했다. 그건 뱀이 뱀의 알을 먹었다는 의미였다.

"순리에서 벗어난 일이구나."

"이 양밥을 만든 사람은 용케도 갓 알을 낳은 암컷 뱀을 구했을 겁니다. 그리고 강제로 입을 벌려 자신이 낳은 알을 목구멍으로 삼키게 한 뒤 먹이를 금해 어미가 알 속의 양분을 흡수하도록 만들었을 테죠."

강제로 자식을 잡아먹은 어미의 원한이란 어떤 것일지 감히 상상할 수 없는 일이었다.

"교수님, 근데 뱀 밑에 저 하얀 건 사람 앞니 같죠?"

앞니란 말에 나는 다시 캐리어 속을 살펴보았다. 똬리 튼 뱀 아래 하얗게 빛나는 앞니가 눈에 들어왔다. 모양으로 보아 성장이 끝난 인간의 송곳니였다.

"맞아. 사람 송곳니 같아. 이건 무슨 의미지?"

"누가 만든 양밥인지 소름끼치네요. 사람의 송곳니, 아니 죽은 사람의 송곳니를 양밥으로 쓴다는 기록이 황해도 지역에 있긴 해요. 송곳니의 주인이 악귀가 되어 표적을 살해할 수 있대요. 양밥을 만든 무당이 놓아주기 전까진 거기 옭매어 벗어날 수 없고요."

손에 힘이 빠지며 휴대전화가 바닥에 떨어졌다. 등줄기로 서늘한 소름이 오소소 돋았다. 슬그머니 고개를 들어 옆에 선 수혁을 바라보았다. 그가 나를 향해 살며시 웃어 보였다. 검게 비어 있는 오른쪽 송곳니. 그가 형을 만나고도 천도되지 않은 건, 박수무당이 부리는 악귀이기 때문이었다. 아니, 그날 밤 수혁을 맞이한 사람은 형이 아니라 박수무당이었을지도.

"기사님이 향낭으로 귀신들 천도시키고 다니니까 무당 형님이 불편해하시잖아요. 상권침범이지."

수혁이 호주머니에 손을 꽂고 나직이 말했다.

"그래서 나도 수정 씨나 원장처럼 살해하려고 붙은 건가요?"

내 대답에 수정의 눈이 화등잔만 해졌다.

"뭐야, 저 사람 이빨이었어? 저 사람이 원장한테 빙의해서 날 죽인 거라고?"

수정이 수혁을 향해 달려들었지만, 육체가 없는 싸움은 싱

거울 수밖에 없었다. 수혁은 공기 중으로 흩어져 몸을 숨겼다가 어느새 내 자동차 보닛 위에 다시 나타났다.

"캐리어를 만진 사람은 누구나 양밥의 대상이 돼요. 우리 중에선 기사님이 유일하게 만지셨죠. 그러니 그 몸은 이제 내 겁니다."

수혁이 다이빙하듯 상체를 기울여 내게 뛰어들 자세를 취했다. 그의 영혼이 내 몸에 천천히 흡수되는 게 느껴졌다. 마음은 도망치고 싶었지만 몸이 움직이지 않았다. 이대로 있다간 수혁에게 빙의되어 예슬을 해칠 게 뻔했지만 나는 무력했다. 학교 안에서나 교수일 뿐, 울타리를 넘어서면 난 그저 읽고 쓰는 일 외엔 별다른 재주가 없는 사람이었다. 괜한 일에 뛰어든 게 아닐까, 후회가 밀려들었다.

오래전부터 인류애란 삶이 부유하고 평화롭다 못해 지루한 소수의 사람들이나 갖는 정신적 유희라고 생각했다. 그런 주제에 누굴 구하겠다고. 살면서 쌓아온 죄책감과 분노가 뜨거운 불덩이처럼 가슴에서 이글거렸다. 다정을 찾는 일에 집착하느라 정작 내가 발표하기로 한 논문과 단행본은 손 놓은 지 3년째였다. 억울하게 죽은 사람이 그 애 하나뿐인 것도 아닌데, 전전긍긍하며 매일 밤 귀신이나 실어 나르는 내 신세가 딱하고 한심했다. 이럴 바엔 나도 죽어버리면 깨끗하겠다는 마음까지 다다랐을 때, 누군가 내 어깨를 잡았다.

"교수님! 정신 차리세요."

겁에 질린 예슬의 목소리는 오히려 불에 기름을 붓는 꼴이었다.

"닥쳐! 염치도 모르는 년. 돈도 없는 게 대학 다니는 사치까지 누리고 싶니? 차라리 신내림 받고 무당으로 나가 보는 게 어때. 핏줄이 당기지 않아?"

해서는 안 될 말들이 생각할 틈도 없이 입에서 쏟아졌다. 진심이 아니라고 외치고 싶었지만, 뜻대로 되지 않았다.

"빙의 때문인 거 알아요. 다른 사람에게 분노를 퍼부을 만큼 강하지 못해서, 교수님은 본인을 벌주려는 거잖아요."

예슬의 말대로 나는 이대로 죽어 모든 고통이 끝나기를 바랐다.

"도망쳐……!"

어쩌면 내 의식으로 하는 마지막 말일지도 모를 소리를 쥐어짰다. 그때 예슬이 양손의 중지와 약지를 접어 두 손을 겹쳤다. 일종의 수인을 만든 것 같았다. 그녀가 나지막이 무어라 중얼거리더니 길게 휘파람을 불었다. 가슴 한구석이 뻐근하게 아파오며 숨이 찼다.

"일단 교수님 몸에 들어간 수혁이란 영가를 못 움직이게 했어요. 교수님도 못 움직이지만요."

몸이 마비돼 보닛 앞에 쓰러진 나를 예슬이 일으켜 앉혔다.

뭔가 말을 하고 싶었지만 혀가 움직이지 않았다.

"강한 귀기가 느껴져요. 점점 더 강하게……, 우리를 향해 다가오고 있어요."

무덤 속처럼 조용했던 사위가 일순 시끄러워졌다. 새소리, 물소리, 바람소리, 그리고 멀리서 들려오는 자동차 엔진음까지 더해졌다.

쿵쾅대는 이디엠 음악과 함께 무광으로 도색한 외제차 한 대가 우리 곁에 멈춰 섰다. 이윽고 운전석에서 검은 슈트 차림의 남자가 내렸다. 예슬이 말한 박수무당 재준일 터였다. 그는 오른쪽 얼굴의 절반이 뱀 문신으로 덮인 데다, 눈동자까지 부옇게 흐려 있었다. 학교 앞 중식당 앞에서 마주친 적이 있던 눈이었다. 내 존재를 깨달은 뒤 은밀히 접근해 왔을 터였다. 재준은 성큼성큼 걸어 내 차 운전석 문을 열고 룸미러에 달아놓은 향낭을 낚아챘다.

"가만 놔두면 나한테 올 애들을 아줌마가 자꾸 뺏어 가면 어떡해? 적당히 했어야지. 귀신도 한이 좀 맺혀야 잡아먹었을 때 힘이 난단 말야."

재준이 내 곁에 다가와 무릎을 굽히고 얼굴을 바싹 가져다 댔다. 그제야 알 수 있었다. 그의 얼굴을 덮은 건 문신이 아니라 시커먼 뱀 그 자체였다. 재빨리 들락거리는 혀와 살아 있는 듯 번들거리는 비늘이 증거였다. 인간 재준을 집어삼키고 육체를 강탈해버린 악귀가 내 머리를 다정하게 쓰다듬었다.

"수혁이 애썼어. 살면서 내가 제일 잘한 일이 수혁이 널 만난 거야. 불쌍하게 산에서 떠돌이 생활하는 놈한테 술 주고 떡 주고, 뺑소니 당해 암매장 된 시체도 찾아줬잖아. 이렇게 은혜 갚으니까 너도 속 시원하지?"

죽은 수혁을 발굴해 노예로 부리는 주제에 재준은 당당했다. 그때 어둠 속에서 수정이 고함을 지르며 나타났다.

"야! 이 개새끼야, 나랑 같이 지옥이나 가자!"

수정은 고운 얼굴을 사납게 일그러뜨린 채 머리카락과 손톱이 길에 뻗어 재준에게 달려들었다. 그야말로 지옥에서 뛰쳐나온 짐승이라고 해도 믿길 지경이었다.

"교수님, 그리고 거기 귀엽게 생긴 학생. 잘 봐봐. 내가 귀신을 어떻게 잡아먹는지."

재준이 예슬과 나의 이목을 집중시킨 뒤 달려드는 수정을 물끄러미 바라보았다. 그러자 재준의 얼굴을 덮고 있던 검은 뱀이 몸을 꿈틀대기 시작했다. 재준의 부융했던 오른쪽 눈에 다시 생기가 돌았다. 수정이 그의 얼굴에 칼날 같은 손톱을 들이대던 그 순간, 뱀이 재준의 얼굴을 벗어나 커다란 아가리를 벌렸다. 놈은 큼직한 개구리를 집어삼키듯 수정의 팔과 머리, 몸통을 덥석덥석 물어들였다. 수정은 짧은 비명을 끝으로 자취를 감추었다. 뱀은 다시 재준의 얼굴로 돌아가 조금 더 영역을 넓혔다.

"봤어? 내가 이런 사람이야. 아줌마가 찾는 다정이도 이렇게 잡아먹었어. 겁도 없이 술 취해서 징징 짜고 있길래 내 콜렉션에 추가해줬지."

재준이 제풀에 흥이 나 발을 구르며 환호했다.

"교수님, 뱀 비늘! 잡아먹힌 귀신들의 감옥이에요."

예슬이 죽일 듯이 재준을 노려보며 다가갔다. 나는 겨우 내 뜻대로 움직일 수 있는 눈동자를 굴려 재준의 얼굴을 바라보았다. 뱀을 감싼 비늘들이 반짝거렸다. 마치 비늘 모양으로 만든 감옥 안에서 죄수들이 살려달라고 아우성을 치는 것만 같았다.

"학생도 여기 들어올래? 에이, 근데 뒤에 수호령이 따라다니셔서 좀 골치가 아프네. 그래도 한번 붙어볼까? 저런 큰 어른 한 분 삼키면 열라 세질 거 같은데."

예슬이 새로운 수인을 만들며 재준 앞에 섰다. 한참 야기죽거리던 재준도 상대가 만만하지 않다는 걸 깨달았는지 덥석 행동하지 않았다. 이대로 있다간 예슬이마저 놈에게 잃을 거란 두려움에 마음이 졸아붙었다.

"예슬아! 나 김 조교야. 들리니?"

생각지도 못했던 목소리에 정신이 퍼뜩 들었다. 우재와 통화가 끊어지기 전, 휴대전화가 바닥에 떨어진 게 떠올랐다.

"조교님, 들려요."

예슬이 차분하게 대답했다.

"이게 통할지 모르겠지만……, 축사경 읊어준다. 내가 아는 귀신 쫓는 주문은 이거뿐이야. 옥추사자신장 황건역사신장 일월신장 십이신장 오방신장 팔방신장……."

우재가 낯선 단어들을 단정한 목소리로 뱉어내기 시작했다. 재준의 표정이 굳어졌다. 그의 뱀 또한 비늘을 세워 파르르 떨었다. 그러자 여러 사람들의 아우성이 뒤섞여 이명처럼 울려 퍼졌다.

"설마 그까짓 주문 따위로 나한테 덤벼보겠다는 거야? 나 진짜 쪽팔리게 살았나봐."

재준이 바닥에 떨어진 휴대전화를 집으려 내 쪽으로 몸을 돌렸다. 놈에게는 별 타격이 아닐지 모르지만, 내 몸을 강탈한 겁 많은 수혁에게는 주문이 먹혔다. 뻣뻣했던 몸이 손끝부터 따스해지기 시작했다. 손, 팔, 얼굴과 가슴, 그리고 다리에 힘이 들어갔다. 스륵, 내 옆으로 미끄러지듯 빠져나가는 수혁이 느껴졌다. 기회는 지금뿐이었다.

나는 재준의 목에 팔을 감아 힘껏 당겼다. 그의 목에서 뱀이 꿈틀거리며 다시 사람들의 아우성이 강해졌다. 힘으로 놈을 이길 자신은 없었다. 그러나 겁먹어 아무것도 하지 못한 채 제자를 잃긴 싫었다.

"신대장군 야차장군 구천장군 오방장군 탐랑칠성일절
군……."

우재의 목소리가 더욱 커졌다. 거칠고 단단한 재준의 주먹
이 내 옆구리를 파고들었다. 죽더라도 놈을 끌어안은 채 죽으
리라 마음먹었다. 몸이 흙바닥에 끌리고, 머리채가 우악스러운
손길에 휘둘렸다. 결국 바닥에 나동그라졌고, 재준이 내 목에
양손을 올려 체중을 실을 즈음, 어디선가 맑은 종소리가 들렸
다. 생과 사의 기로에서 들리는 환청일 거라 생각했다. 하지만
재준의 태도가 달라졌다. 그의 손목에 걸어두었던 향낭이 노랗
게 빛을 발하기 시작했다. 내 목을 짓누르던 손을 거둬들인 그
가 황망한 표정으로 예슬 쪽을 바라보았다. 예슬은 가부좌를
틀고 앉아 우재와 목소리를 맞춰 축사경을 읊었다.

"팔방뇌공풍백신장 동서남북사대진군 천부옥경신장 지부옥
경신장……."

예슬의 뒤로 자그마한 노인이 모습을 드러냈다. 어느 시대
풍인지 모를 옥색 한복에 검은 머리를 곱게 쪽진 노인이 고부
장한 걸음새로 재준에게 다가왔다.

"오래 기다렸네."

노인이 근엄한 표정으로 짧게 끊어 말했다.

"당신 누구야?"

재준이 뒷걸음질 치며 노인에게 물었다.

"나는 현생의 죄를 진심으로 참회하는 영혼들을 저승으로 이끌던 사자라네. 한때 나는 푸른 사향노루 한 마리를 거느렸지. 내 분신이자 뛰어난 영물이었다네. 그런데 뱀 형상의 악귀에게 당했지 뭔가. 사향노루의 뼈와 살을 발라 먹은 뱀은 스스로 신을 참칭하며 자네처럼 기생하기 좋은 인간을 골라잡고 들어앉았지."

푸른 사향노루. 향낭에 든 향이 노인의 일부라는 의미였다. 재준의 입술이 파르스름해지며 달달 떨리는 게 보였다.

"푸른 사향노루에게 남은 건 향샘뿐이었네. 내 천지신명께 여쭈어보니 천 명의 넋을 위로해야 다시 소생할 수 있다는 대답을 얻었지. 그리고 오늘 비로소 내 염원이 이루어졌네."

어느 사이엔가 노인의 곁에 푸른 사향노루 한 마리가 서 있었다. 그녀가 걸친 한복처럼 깨끗한 옥색의 그것은 여느 사향노루와 달리 말처럼 길고 풍성한 꼬리에, 찬란하다 싶을 만큼 밝은 빛을 머금은 눈을 가졌다. 고목의 가지처럼 굵고 화려하게 뻗은 뿔과 동그랗게 솟아오른 이마, 뾰족한 코와 날렵한 목선이 마치 인위적으로 깎아놓은 조형물 같았다.

노인은 태극권을 하듯 양손을 가볍게 들어올려 재준을 향해 밀었다. 그러자 그가 허수아비처럼 풀썩 쓰러지고, 굵은 뱀 한 마리만이 지팡이처럼 서 있었다. 잔뜩 독이 오른 뱀이 사향노루를 향해 독니를 드러내며 달려들었다. 사향노루는 껑충, 가뿐히 몸을 띄워 뱀을 피해냈다. 그러고는 고개를 숙여 제 뿔로 뱀의 뱃구레를 뚫어 머리에 걸었다. 우수수 뱀 비늘이 떨어지기 시작했다. 대가리를 이리저리 흔들며 몸부림을 치는 뱀과 마치 기분 좋은 산책이라도 하듯 껑둥껑둥 어둠을 달리는 사향노루를 노인이 잠시 일별했다.

얼굴에서 뱀 문신이 사라진 재준은 몸주체를 못한 채 차에 기대 올칵 피를 토해냈다. 노인이 재준에게 다가가 향낭을 풀어 자신의 살품에 깊이 찔러 넣었다. 노인의 몸이 달처럼 노랗게 빛나며 고아한 향내가 숨이 멎을 정도로 밤하늘에 퍼져나갔다.

"저 뱀이 처음 나타난 날을 기억하는가?"

노인이 물었다. 흠칫 놀란 그가 느리게 고개를 끄덕였다.

"무…… 무병을 앓으며 산속 암자에 요양할 때요."

"분명 한 마리가 아니었겠지?"

"암수 두 마리였는데, 수놈은 제 손을 타고 팔에 파고들었어요. 암놈은 바위틈에 녹색 알을 낳았는데……."

"자네는 암놈과 그 알들을 저주의 제물로 썼겠지."

"하지만 그땐 어쩔 수 없었어요. 수뱀이 진짜 신인 줄 알았고, 시키는 대로 하지 않으면 저 대신 제 여동생에게 붙겠다고 했으니까요."

"그럼 묻겠네. 과거를 참회하는가?"

노인이 그렇게 묻는다는 건, 참회한 영혼을 저승으로 이끌려는 목적일 터였다. 재준이 대답 대신 어깨를 들썩이며 서럽게 울었다. 뜻밖에도 노인은 재준을 가만히 끌어안고 그가 울음을 그칠 때까지 기다려 주었다. 한참만에야 재준을 놓아준 노인이 내게 다가왔다. 그녀는 땅에 떨어진 뱀 비늘 하나를 집어 들었다.

"이보게, 선생. 자네가 찾는 것이네. 날 도와 여기까지 와주었으니 서로 얼굴을 봐야 하지 않겠는가."

노인이 내 손바닥 위에 얇고 반들거리는 비늘을 톡, 내려놓았다. 그러자 따스한 숨결이 귓가에 퍼졌다. 갓 구워낸 카스텔라처럼 부드럽고 포근한 숨결에 취해 고개를 돌리자 내 곁엔 다정이 서 있었다.

"교수님이 수업 시간에 데우스 엑스 마키나에 대해 얘기해 주신 거 생각나요."

첫 수업 시간에 한 얘기였다. 깜냥 없이 큰 이야기를 벌어놓고 밑밥도 잔뜩인데 그걸 회수할 자신이 없는 작가가 신적인 존재의 도움으로 사건을 해결하는 바보 같은 짓은 봐주지 않겠다던 으름장이었다. 하지만 내 현실에서 푸른 사향노루와 노인이 모든 비극을 끝내고 있다. 나는 데우스 엑스 마키나가 아니었다면 다정과 이렇게 마주 볼 수 없었을 터였다.

"그래, 기억 나. 가끔은 현실이 소설을 비웃기도 하지."

나는 머뭇거리는 다정의 손을 끌어당겨 조심스레 매만졌다. 작고 야윈 손에선 달보드레한 향기가 났다. 방울처럼 큰 눈과 유난히 메마른 코와 입, 할 수만 있다면 실컷 먹여 살찌고 싶은 모습이었다.

"교수님이 저를 찾고 있단 걸 알았을 때가 지상에서 가장 행복했어요. 아무도 진심으로 저를 걱정해준 적 없거든요. 비록 죽은 뒤지만, 저를 포기하지 않는 사람이 있어서 좋았어요."

나는 손을 뻗어 다정의 뺨과 머리칼, 작아서 금방이고 사라질 것 같은 어깨를 만졌다.

"내가 어리석고 무례했어. 난 네 불행을 염탐하며 우월감을 느꼈던 거야. 난 너처럼 살아낼 자신도 없는 주제에……."

이 아이를 잃은 순간부터 나는 수행자처럼 살아왔고, 앞으로도 다를 바 없이 살아갈 터였다. 죄가 깊어 용서받을 자격이 없으므로.

"이제 안 그러실 거 아니까. 그 어느 때보다 외롭지 않아요."

다정이 작은 두 손을 뻗어 내 뺨을 매만졌다. 내 눈에서 흐른 눈물이 그 애의 손등을 적셨다. 다정은 빙그레 웃어 보이곤 손을 흔들며 뱀 비늘로 빨려 들어갔다.

"선생은 저 아이에게 방금 용서를 받았어. 하지만 자네 죄

후의 순간엔 내가 찾아와 진정 참회하였는지 다시 묻고 거두겠네."

내 마음을 읽어낸 노인이 다정한 목소리로 일렀다. 그녀의 곁에 어디엔가 뱀을 떨어낸 푸른 사향노루도 나란히 섰다. 사향노루가 먼 하늘을 바라보며 가늘고 길게 울었다. 그러자 바닥에 떨어진 뱀 비늘들이 떠올라 노인의 손바닥 위로 소복이 쌓였다.

"이제 모두를 보내주어야 할 때가 왔구먼."

노인의 말에 나는 고개를 돌려 자동차 보닛 앞에 쓰러져 있는 수혁을 바라보았다.

"한 명 더 있습니다."

수혁 또한 양밥의 피해자였다. 나는 캐리어에서 죽은 암뱀과 수혁의 송곳니를 꺼내와 노인 앞에 내밀었다.

"암뱀과 그 알들의 영혼은 수뱀이 죽을 때 천도되었네. 우리가 떠나면 육신 또한 사라질 테지. 그리고 이 송곳니의 주인은 남은 볼 일이 있다 하니, 잠시 담보로 갖고 있겠네."

노인은 사슴의 뿔을 사랑스럽게 쓰다듬었다. 그러자 하늘 한가운데 커다란 솔개처럼 검고 큰 구멍이 뚫렸다. 구멍에서 쏟아지는 바람은 자동차마저 들썩일 만큼 거셌다. 이윽고 바람이 잦아드나 싶더니 강렬한 빛이 노인과 뱀의 몸에서 떨어져 나온 비늘을 에워쌌다. 어디선가 여러 사람들이 허밍을 하는 듯 가벼운 흥얼거림이 울렸다. 서서히 노인과 사향노루의 실루 엣이 옅어졌다. 나는 태어나서 처음으로 아이스크림을 맛본 아이처럼 경이롭고 달콤한 빛에 압도되어 탄성을 터트렸다. 빛은 아주 천천히 사그라지다 종래에는 작은 반딧불이 되어 어둠 속으로 달아났다. 이제 남은 건 영혼이 떠난 재준의 차가운 육신뿐이었다.

"교수님, 괜찮으세요?"

예슬이 나를 흔들었다. 마치 선잠에서 깨어난 것처럼 나는 긴 하품을 하며 그녀를 돌아보았다. 열심히 축사경을 외워 나를 지켜낸 예슬의 입술에 땀처럼 송골송골 피가 맺혀 있었다. 나는 예슬을 품에 끌어안았다. 그 애에게서 뿜어져 나온 따스한 온기가 가슴을 파고들었다.

"우리 어디 가서 밥 먹고 들어가자."

문득 배가 고파졌다. 다정을 잃고 처음 느낀 허기였다. 이 시간에 문을 연 기사식당을 찾아 살아 있는 사람들 사이에 끼어 뜨겁거나 매운 것을 땀내며 먹고 싶었다.

"그럼 메뉴는 제가 정해도 됩니까?"

갑자기 끼어든 우렁우렁한 목소리에 예슬과 내가 소스라치게 놀랐다. 죽은 줄 알았던 재준이 가볍게 몸을 튕겨 일어섰다. 나는 예슬을 등 뒤로 감추고 놈을 노려보았다.

"저예요, 수혁."

재준이 휘적휘적 다가와 내 앞에 섰다.

"수혁 씨라고요?"

목소리며 몸짓, 말투는 수혁이었다.

"아까 그 할머님이 이 몸뚱이를 몇 시간만 쓰고 깔끔하게 처리하는 대가로 빌려주셨어요. 비록 박수무당의 하수인이었지만 결과적으론 저도 피해자인데다 기사님을 해치지는 않았잖아요. 좀 서운하시더라도 밥 한끼 같이하시죠. 그게 제 마지막 소원이거든요."

노인은 재준의 육신을 자연스럽게 처리하도록 수혁에게 뒷일을 맡긴 터였다.

"뭐 그럽시다. 수혁 씬 먹고 싶은데요?"

경계를 풀고 수혁에게 물었다.

"그야 당연히 짜장면이죠. 귀신이었을 때 가장 그리웠던 속세의 맛이거든요. 한명대 앞에 24시 중국집이 있었는데, 거기 아직도 할까요?"

수혁의 목소리에서 그 또래 다른 생기가 넘쳤다.

"한명대 앞이면 우리 김 조교 집 근처네. 어디 전화해볼게요."

내가 운전석에 올라 핸들을 쥐었다.

＊

새벽 세 시가 다 되어서야 우리는 24시 중식당에 도착했다. 나는 화장실에 들어가 간이혈당계로 혈당을 쟀다. 스트레스가 보태진 탓에 공복혈당이 제법 높았다. 당뇨약을 입에 털어넣고 고개를 젖혀 넘겼다. 30년 만에 맛보는 짜장면은 내 기억 그대로일지 자못 궁금했다.

먼저 와 기다리던 우재가 짜장면 네 그릇과 탕수육 중자를 시켜 놓았다. 우재가 믿을 수 없단 표정으로 재준의 모습을 한 수혁을 뜯어보았다.

"오늘 일로 논문을 써야 할 운명인가 싶네요. 거봐요, 교수님! 월하택시는 자전적 소설이었잖아요."

"역시 촉 좋다니까. 김 조교는 이제 퇴마사 해도 될 거 같은데?"

우재 옆 의자를 빼 앉았다. 잠시 후 각자 앞에 큼직한 멜라민 그릇이 하나씩 놓였다. 김이 무럭무럭 피어나는 짜장면 위엔 옛날식으로 오이와 메추리알 고명이 올라가 있었다. 우린 말 없이 자신 몫의 짜장면을 비볐다. 내가 짜장면을 비벼본 건 오늘이 처음이었다. 입학식 날엔 아마도 엄마나 외할머니가 비벼주었을 테고, 그 후로 처음이니 내겐 특별한 경험인 셈이다.

"교수님, 이상하지 않아요? 꼭 힘든 일 한 날엔 짜장면을 먹게 되더라고요. 이삿날도 그렇고 시험 끝난 날도 그렇고."

예슬이 젓가락에 면을 돌돌 말아 입에 집어넣었다.

"우리 땐 입학식, 졸업식에도 짜장면 먹었어. 한고비 넘겼으니 재충전하라는 의미일 수도. 안 그래, 김 조교?"

짜장면에 고춧가루를 뿌리는 우재에게 물었다.

"어우, 전 돈까스 세대예요. 수혁 씬 짜장면에 얽힌 얘기 뭐 없어요?"

열심히 짜장면을 먹던 수혁이 쿨럭 기침을 하며 앞니로 짜장면을 끊어냈다.

"있죠. 대학교 2학년 때 소개팅 나갔다가 마음에 드는 사람한테 중국집 가자고 했다가 바로 차였어요. 지금 생각해보면 새하얀 원피스를 입고 있었던 거 같아요. 다시 만나면 돈까스 먹자고 할 텐데."

수혁의 말에 우재와 예슬이 킥킥 웃으며 군만두를 하나씩 집었다. 하지만 나는 웃을 수 없었다. 대학교 3학년 여름방학에 했던 소개팅이 떠올라서였다. 그날 나는 새로 사 세탁 한 번 하지 않은 흰 시폰원피스를 입었다. 신촌의 커피전문점에서 그를 만났다. 나보다 한 살 연하에 한명대 기계공학과를 다닌다던 그는 태어나서 처음으로 원두커피를 마셔본다며 얼굴을 찌푸렸다. 순수하고 솔직한 게 니쁘지 않았다. 어쩌면 통성명을 했던 것도, 하지 않은 것도 같았다. 기억나는 건 그가 저녁 식사로 중국집에 가자는 말을 꺼낸 것. 그리고 그 무렵 도통 혈당이 제어되지 않아 탄수화물을 끊다시피 했다는 거였다. 어쩔수 없이 그의 청을 거절하고 집에 돌아온 날, 나는 내 등단작이될 소설의 도입부를 쓰기 시작했다.

"수혁 씬 그 짜장년 나 먹으면 어디로 갈 거예요?"

냅킨으로 입을 닦고, 재준의 모습을 한 수혁을 바라보았다.

"친구들과 조금 더 같이 있고 싶은데, 벌써……."

수혁이 팔짱을 끼고 가게 유리 너머를 바라보았다. 같은 방향인 예슬도 젓가락을 내려놓고 창밖으로 시선을 돌렸다.

"교수님, 푸른 사향노루가 왔어요."

예슬이 꺼질 듯한 목소리로 말했다. 수혁이 자리에서 일어섰다. 그는 식탁 한쪽 벽면에 붙은 거울을 보고 씨익 웃고는 어깨선이 비뚤어진 재킷을 바로 했다.

"전 이만 가볼게요. 잃어버린 송곳니를 찾으면 부모님을 만날 수 있을 거예요. 죄 많은 아들이지만 용서해주시겠죠?"

별 다른 인사 없이 수혁이 중식당 문을 밀고 나갔다. 보도블록 위에서 네 다리를 접고 그를 기다리던 푸른 사향노루가 팅기듯 자리에서 일어섰다. 수혁이 무릎을 굽히고 사향노루 앞에고개를 숙였다. 마치 기다렸다는 듯이 어둔 하늘에서 솜털 같은 눈이 쏟아졌다.

"벌써 첫눈이 오네? 이 시간에 자는 사람들은 못 보겠어요."

등 뒤에서 중식당 주인의 목소리가 들렸다. 그의 눈엔 저 탐스런 첫눈만이 들어오리라. 그러나 참회하는 이들의 눈엔 세상 단 한 마리뿐인 푸른 사향노루와 그 앞에서 풀썩 쓰러진 청년의 뒷모습이 보였다. 유리문을 밀고 나가 허공을 향해 손바닥을 펼쳤다. 여리디여린 눈이 녹지도 않고 사박사박 쌓여갔다.

"어, 저기 청년이 쓰러졌네!"

중식당 주인이 뛰어나와 발을 굴렀다. 우린 15년 만에 서로의 이름을 알고 그렇게 헤어졌다.

환상의 날

장아미

일 년에 한두 번 있을까 말까 한 날이었다.

이상한 날. 계획한 일들이 하나도 제대로 풀리지 않고 죄다 꼬이기 일쑤인 날. 한 치의 예상도 할 수 없는 날. 옷장 서랍을 아무리 뒤져봤자 짝 안 맞는 양말만 손에 잡히고 자판기에 동전을 넣고 캔커피 버튼을 누르면 불쑥 비타민음료가 튀어나오는 날.

음, 또, 이를테면, 길을 걷다 인도 한가운데 고인 물웅덩이를 발견하고 내 안에 존재하는 줄도 몰랐던 순발력을 발휘해 폴짝 뛰어넘기 무섭게 쭉 미끄러져 엉덩방아를 찧기 직전 옆을 지나던 행인의 팔을 붙들어 간신히 참사를 모면한 날과 같은 날.

그건 그러니까 단순히 운이 나쁜 것과는 미묘하게 다른 날이었다. 어떻게 설명해야 할까, 자신은 '이' 길을 걷고 있다고 믿었으나 실상은 '저' 길을 선택한 셈이었는데 정작 지나고 보니 '그' 길을 지나왔음을 뒤늦게 깨닫는 것과 같은 날이었다고 할까.

나는 일 년에 한두 번씩 꼭 그런 날을 맞곤 했는데 그날이 하필이면 그날이었다. 입춘이 지난 어느 날.

한때 내게 몹시 소중했던 사람의 기일.

버스를 잘못 탔을 때부터 예상했어야 했다. 평소처럼 73번을 타지 않고 먼저 도착한 75번에 어영부영 올랐을 때부터 조금은 각오하고 있어야 했다. 75번은 배차 간격이 50여 분에 달해 평소 이용할 일이 거의 없는 버스였다. 나는 앞유리에 붙은 '○○역 정차'라는 안내문만 믿고 방심하고 있다 버스가 다음 사거리에서 좌회전해 비탈길을 오르기 시작하자 놀라 자리에서 벌떡 일어났다.

기사는 내 쪽은 돌아보지도 않고 점잖게 말했다.

"거기 앉으세요. 그러다 다칩니다."

"아, 네."

고개를 꾸벅거린 나는 민망한 표정을 지으며 좌석에 도로 앉아 버스 내부에 부착된 노선도를 살폈다. 다행히 75번은 안내문에 명시된 대로 ○○역 앞에 정차했다. 그러나 동시에 대단히 불행하게도 내가 서 있었던 정류장을 시작으로 지그재그로 들어선 아파트 단지들을 명절날 친지 댁을 방문하듯 번거로울 만큼 하나씩 일일이 경유했다.

○○역 정류장은 내가 사는 신도시의 중심을 가르고 윤곽을 더듬는 순환노선의 끄트머리에 위치해 있었다.

더 기다렸다가 73번을 탈걸 그랬어. 나는 고질병이나 다름없는 조급증을 원망하며 차창 밖에 시선을 고정시켰다. 정지 신호를 받아 멈추었던 버스가 부릉, 거친 진동음과 함께 다시 출발했다. 버스는 공사가 한창인 초등학교 부지를 돌아 과속방지턱을 넘어 골목으로 진입했다. 대중교통을 이용할 때면 언제나 그렇듯 나는 경미한 멀미에 시달리며 목에 두른 목도리를 풀었다.

그러다 버스가 공원 옆 횡단보도 앞에서 속도를 줄일 때 무심코 길가 목련나무를 바라보았다. 잎이 떨어진 가지 끝에 꽃망울이 부풀어 있었다. 그렇구나, 봄은 착실히 오고 있었어. 산다는 건 전력 질주하는 것과는 조금 다르니까. 한결같은 속도로 숨을 아끼며 꾸준히 달려야 하니까.

그러나 삶의 경우에는 안내 차량이 제공되기는커녕 코스도를 훔쳐볼 수조차 없었다. 그러므로 매 순간순간이 더 나은 길을 찾아 끝없이 헤매는 일과 같다고 할 수밖에.

의자 등받이에 등을 대고 다리를 쭉 폈다. 최대한 여유롭게 움직이고 싶어 서둘러 나왔으니 돌아가는 버스를 타도 상관없을 것이라는 생각이 뒤늦게 들었다. 윤호는 다섯 시에 만나자고 했다. 약속 장소는 카페 알레그리아로 정했다. 윤호는 대학 선배가 운영한다는 그곳을 지인들과의 모임 장소로 곧잘 이용하는 듯했다.

"너무 일찍 나오지는 말고. 지하철역에 도착하자마자 메시지 보내고. 알겠지? 꼭이야."

그렇게 말하는 윤호의 음성이 이상하게 들떠 있었다. 나는 그냥 알겠다고 대답하고 전화 통화를 마무리했다. 그와 신경전을 벌이는 데 지쳐 있어서였을까.

버스는 골목골목을 돌면서 천천히 나아갔고 내 마음 역시 그러했다. 그럼에도 권태에 못 이겨 어딘가로 튕겨나가거나 달아나버리지 않고 버스는 노선도를 따라 한 정류장 한 정류장 착실하게 통과해 ○○역 앞에 정차했다.

뛰다시피 하는 사람들 뒤에서 혼자 느긋하게 걸었다. 에스컬레이터에서 내려 승강장에 발을 내딛으려는 찰나, 다음 열차가 전 역을 출발했다는 안내 방송이 들렸다. 나는 같은 버스에서 하차한 승객들을 향해 괜스레 거들먹거리고 싶었다. 봐요, 아무리 앞질러 가봤자 결국 같은 열차를 타게 되잖아요?

지하철은 역 서너 개를 거쳐 철교를 내달렸다. 나는 착석해 있을 때와 사람들 사이에 끼여 옴짝달싹못하고 서 있을 때 어째서 시간은 다른 박자로 흐르는가 의문하면서 좌석에 앉아

다리를 휘돌아 흐르는 강을 곁눈질했다.

지하철을 갈아탄 다음 □□역에서 내렸다. 휴대전화를 확인해보니 약속 시간까지 40여 분이 남아 있었다. 당장 약속 장소로 향하기에는 너무 일렀다. 시간도 때울 겸 4번 출구로 나와 서점으로 들어갔다. 신간 코너를 둘러보다 책 한 권을 집어 들었다. 그 소설책의 표지 그림이 나는 보자마자 마음에 들었다.

분류하자면 초현실주의 회화. 화폭의 정중앙에는 솟을대문이 배치돼 있었는데 '立春大吉(입춘대길)'이라는 글귀가 붙은 그 문은 절반 이상 열려 있어 내부가 훤하게 들여다보였다. 그 안은 이미 봄이었다. 꽃은 흐드러지게 피어 있고 나무는 푸르렀다. 반면 그 밖은 여전히 한겨울이었다. 담장이며 기와지붕에 쌓인 눈송이들이 설탕 가루처럼 희고 깨끗해 보였다. 한 움큼 집어 맛보고 싶을 정도였다.

책을 들어 눈 가까이로 가져왔다. 지붕의 요철과 같은 모양으로 쌓인 눈 위에 앙증맞은 발자국이 찍혀 있는 것이 보였다. 아마도 고양이의 것일까.

골목 입구에서 안을 응시하는 듯한 시점을 취하고 있어 관람자로 하여금 길을 거닐다 우연히 이 장면을 발견한 것처럼 느끼게끔 유도하는 그림이었다. 필치는 섬세했으나 색상은 대담하고 조화로웠다.

나는 그 그림을 들여다보며 말로는 설명하기 힘든 감상에 사로잡혔다. 책의 제목을 확인해야겠다고 생각한 건 그 뒤의 일이었다.

《환상의 날》. 작가의 이름은 서유영. 처음 들어보는 제목인데다 쓴 사람의 이름 역시 낯설기는 마찬가지였다.

띠지를 유심히 살펴보았다. '인상을 환상으로 어루만지는 작가'라는 홍보 문구와 더불어 작가의 사진이 실려 있었다. 그는 짧게 자른 머리를 헝클어뜨리고 의례적인 미소조차 띠지 않은 채로 카메라 렌즈를 똑바로 바라보고 있었다. 나는 그의 입매에서 희미한 냉소와 자기 확신을 감지했다.

표지를 넘겨 재빠르게 저자 소개를 훑었다.

「환상소설가. △△동을 사랑해 보금자리로 삼고 있을 뿐 아니라 그곳에서 동네서점인 △△책방을 운영 중이다. 지금까지 발표한 작품으로는 《너를 노래하며》, 《금요일의 소년》, 《무지개 솜사탕》 등이 있다. 고양이 춘하와 추동의 집사.」

△△동이라면 이 근처일 텐데? 반가운 마음에 책장을 넘겨 첫 문장을 읽으려고 할 때 코트 주머니에서 진동이 전해졌다. 나는 들고 있던 책을 옆구리에 끼고 휴대전화를 꺼냈다. 번호를 확인해보니 해외에서 발신된 전화였다.

예상은 하고 있었다. 오늘은 그날이었으니까. 그 사실은 잠에서 깬 눈을 뜨자마자 카메라 플래시가 터지듯 한순간 반짝 내 머릿속을 점령했다.

침대에서 나와 물 한 잔을 따라 마실 때까지도 나는 그날의 기억에 여전히 사로잡혀 있었다. 버스와 지하철에 차례로 올라탈것 특유의 흔들림에 몸을 맡기고 있는 동안에도 내 영혼의 일부는 과거 한순간을 끊임없이 부유하고 있었다.

오늘은 그날이었다. 두려움으로 굳어진 정적을 깨고 집 전화기가 울렸던 날과 같은 날. 방문 뒤에서 나는 그 통화를 숨죽인 채로 엿들었다.

눈살을 찌푸리고 손안에 든 휴대전화를 노려보았다. 그러다 한숨을 쉬며 통화 버튼을 눌렀다.

"여보세요?"

"애, 민영이니?"

태평양 저편에 존재하는 사람의 말소리가 바로 옆처럼 몹시 가깝게 들렸다. 그 음성은 활기찼으며 또 매우 명랑했다. 하기야 그 사람은 대개 그랬다. 본질적으로 긍정적이었다.

"어, 엄마."

"딸, 잘 지냈어? 거기는 춥지?"

"뭐, 아직 겨울이니까."

"이사 준비는 하고 있고? 집은 구했어? 어느 동네로 갈지 결정은 했니? 출퇴근을 생각하면 회사에서 가까운 곳으로 옮기는 게 낫지 않아?"

전세금 때문에 가뜩이나 신경 쓰이는데 통화할 때마다 같은 질문이래, 피곤하게. 나는 미간을 문지르며 되도록 상냥하게 대답했다.

"근처 다른 아파트를 알아볼까 싶은데 아직 정해진 건 없어. 걱정하지 마. 어떻게든 알아서 해결할 테니까."

"다행이네."

엄마가 울먹였다.

"알아서 해결한다니. 다 컸다, 우리 딸. 어른이네, 정말로."

그럼 내 나이가 몇인데? 내가 언제까지 애일 줄 알았어? 입술을 삐죽거리며 반문하려다 말고 그저 조용히 고개만 내저었다. 엄마는 항상 이런 식이었다. 남의 속이야 어떻든 혼자만의 감상에 빠져 내키는 대로 훌쩍거리곤 했다.

"스미스 씨는 잘해줘? 엄마는 잘 지내고?"

나는 마지못해 물었다.

"응."

엄마의 말투에 생기가 돌았다.

"어제는 로건이 쉬는 날이라 같이 아울렛에 갔다 왔잖니. 이름이 뭐라더라, 우드 뭐라고 했는데. 거기서 너네 작은 이모가 부탁한 가방도 사고. 내 신발도 한 켤레 사고. 로건이 자꾸 빨간 구두를 권해서 내가 얼마나 민망하던지."

엄마가 재잘거렸다. 하여튼 1절만 하는 법이 없다니까. 나는 인상을 구긴 채로 휴대전화를 귓가에서 5센티미터가량 떨어뜨렸다. 아차 싶었는지 엄마가 곧장 화제를 돌렸다.

"올해는 놀러올 거지? 지난번에 이모들이랑 같이 오지 그랬어. 재미있었는데. 민영아, 나한테는 네가 하나뿐인 딸이잖아. 힘들겠지만 시간 좀 내봐, 응?"

"알았어. 노력해볼게."

엄마의 목소리가 작아졌다.

"오늘 아빠 기일인 거, 기억하고 있지?"

"당연하지. 내가 그걸 어떻게 잊겠냐?"

이번에 입을 다문 쪽은 엄마였다.

"엄마, 있잖아. 나는 아빠 생각을 해. 아주 많이, 자주. 지난 주에는 혼자 기차를 타고 봉안당도 다녀왔어."

나도 모르게 씩씩거리며 덧붙였다.

"그러니까 엄마는 그냥 거기서 있는 힘껏 행복하게 살라고!"

그 한마디를 들어놓고 엄마는 안심한 듯 콧소리를 내며 웃었다. 그리고 물었다.

"오늘 짜장면은 먹을 거야?"

"글쎄, 잘 모르겠네. 올해부터는 엄마도 없고 하니까."

짧은 침묵이 흐르는가 싶더니 엄마가 별안간 울음을 터뜨렸다. 나는 더 늦기 전에 이를 악물고 소리쳤다.

"나중에 또 얘기해. 잘 지내."

통화를 끊고 나서야 그곳은 새벽이겠다는 생각이 들었다. 밤새 잠을 설치다 일어나 전화기를 찾아들고 내 번호를 누른 것이겠지.

그 모습을 상상하자 어쩐지 팔다리가 흐물거리는 기분이었다. 나는 코트 소매로 눈가를 훔치고 서가 옆 소파 끝에 요령껏 끼여 앉았다.

엄마는 작년 여름 미국행 비행기에 올랐다.

엄마의 재혼 상대는 미국인이었다. 로건 스미스. 그는 만 나이로 계산했을 때 엄마보다 다섯 살이 어리다고 했다.

로건은 엄마와 몹시 닮은 사람이었다. 얼굴 표정의 미묘한 변화부터 말과 말 사이에 침묵을 두는 방식이며 시원시원한 몸놀림까지. 그들이 태어나 자란 환경에 교집합이 전혀 없다는 점을 감안하면 신기할 정도였다. 활기차고 명랑할 뿐 아니라 본질적으로 긍정적인 인간형임은 물론이었다. 색으로 분류한다면 나와는 보색 관계에 있는 인물들이었다. 빨강과 청록, 노랑과 남색처럼.

그래서 보색을 섞으면 검정에 가까워지듯 엄마와 지내는 한 나는 결코 편안해질 수 없었던 걸까. 우리 둘이 함께 살던 그 집이 그토록 어두웠을까.

엄마는 커피자판기 앞에서 로건과 처음 마주쳤다고 했다.

로건은 엄마가 다니던 노래교실과 같은 건물 같은 층에 위치한 어학원에 지인을 만나러 들른 참이었다. 나는 그들이 어떤 방식으로 대화를 시작했을지 상상하기 어려웠다. 엄마 쪽이 필시 먼저 말을 걸었을 것이다. 헬로, 라고 중얼거리며 그가 자판기의 메뉴를 확인할 수 있도록 수줍은 손짓과 함께 옆으로 한 발짝 물러났을 것이다.

엄마는 영어를 거의 하지 못했다. 그러나 엄마의 세계에서 사랑은 단연코 힘이 센 영웅이었으니 어떻게든 그 둘을 함께 끌어안아 주었을 것이다.

한국을 떠나기 전 엄마는 활옷을 걸치고 화관을 쓰고 연지곤지를 찍고 거창하게 혼례를 올렸다. 성근 갈색머리를 빗어 넘긴 로건은 자꾸만 흘러내리는 사모(紗帽)를 추어올리며 싱글벙글 웃고 있었다.

엄마가 대추를 물고 로건과 입을 맞추자 색색의 치마저고리를 입은 이모들이 기다렸다는 듯 손뼉을 치며 박장대소했다. 한편 외삼촌들은 식이 끝나고 로건이 엄마를 번쩍 안아올리자 겸연쩍은 헛기침과 함께 얼른 뒤돌아섰다.

그때 윤호는 내 옆구리를 찌르며 뭐라고 속삭였던가. 너희 엄마는 어쩜 저렇게 소녀 같니, 였나. 나는 아무 대답도 못하고 뺨만 붉혔지만.

지금에 와서 확신할 수 있는 건 윤호의 생각이 틀렸다는 것이었다. 엄마는 소녀 같은 사람이 아니었다. 결단코.

엄마는 용감한 사람이었다. 나는 그런 엄마의 용기가 미웠다. 심장을 우그러뜨리는 슬픔에도 굴하지 않고 일어나 혼자 힘으로 딸을 키우며 부족함 없는 생활을 누릴 수 있을 만큼 돈을 버는 수완을 발휘했으며 마침내는 새로 사귄 애인의 손을 잡고 이곳을 훌훌 떠나기로 결심한 강단과 자유로움을 질투했다.

누구도 엄마를 막지 못했다. 무엇도 엄마를 두렵게 하지 못했다.

그럼에도 엄마는 울었다. 자신과 전혀 상관없다고 여긴 타국에서 여생을 마치기로 결심한 스스로를 원망하면서, 죽은 전 남편을 가여워하고 고국에 남은 딸을 그리워하며 눈물을 흘렸다.

7년 전 오늘, 아빠는 돌아가셨다. 나는 그날을 생생하게 기억하고 있었다. 어떻게 잊을 수 있단 말인가. 다른 누구도 아니고 아빠를 잃은 날인데.

짜장면은 아빠가 애호한 음식이었다. 아빠는 엄마에게 처음 애정을 느낀 순간에 대해 말하기를 좋아했다. 그 장면에도 어김없이 짜장면은 등장했다. 아빠는 큰외삼촌의 대학 동기였다. 아빠와 엄마의 만남을 주선한 이 역시 큰외삼촌이라고 했다.

어린 시절, 이불을 목 아래까지 끌어올린 채로 나는 아빠의 말소리에 귀를 기울이곤 했다. 아빠의 엄지손가락은 어린 내 손아귀 안에서 꽉 찼고 음성은 낮고 부드러웠다. 그럴 때면 잠이 몸속에서 출렁였고 깃털 같은 뭔가가 발바닥을 살살 간지럽히는 것 같았다. 가슴 안쪽이 말랑말랑해지는 기분이었다.

"그래서 우리는 같이 식사를 하기로 했어. 배가 고팠으니까. 허기가 지면 아무 생각도 안 드니까. 미움이 깊어지니까. 왜 하필이면 짜장면을 먹기로 했는지는 모르겠다. 민영아, 너도 가본 적 있지? 엄마, 아빠랑 같이. 기억나지? 행운반점."

행운반점은 구시가지에 자리 잡은 작은 식당이었다. 늦은 오후, 구슬발을 걷고 안으로 들어간 그들은 카운터 옆자리에 앉아 짜장면 두 그릇과 군만두를 시켰다고 했다. 그중 한 그릇은 물론 곱빼기였다. 난로 위에 놓인 주전자에서는 김이 뿜어져 나왔고 엄마는 불편한 구두 속에서 발가락을 꼼지락거렸다. 가게 안 구석구석에 보리차 냄새가 배어 있었다.

그러는 동안 아빠는 엄마의 약손가락이 집게손가락보다 조금 더 길다는 사실을 알아차렸다. 이윽고 나온 짜장면에는 완두콩 몇 알과 오이채가 올려 있었다. 기름기가 반지르르한 검은 짜장 소스 위의 푸른 채소는 그 자체만으로도 훌륭한 장식이었다.

"문득, 이후에도 계속 이 순간에 사로잡혀 살 거라는 생각이 들더라. 고춧가루를 친 짜장면과 식초를 뿌린 단무지의 맛을 기억하게 될 거라는 걸. 문 앞에 늘어진 구슬발이 잘그락거리는 소리를 곱씹을 거라는 걸. 나는 네 엄마를 사랑하게 됐거든."

반면 엄마의 총평은 짧고 담백했다.

"나는 그 집 짬뽕이 더 맛있던데."

행운반점은 아빠가 돌아가시고 일 년 뒤에 폐업했다. 그 일대는 재개발을 거쳐 대단위 아파트 단지로 바뀌었다.

그리하여 나 역시 그날을 잊을 수 없게 됐다. 하루에도 몇 번씩 엄마와 처음으로 같이 짜장면을 먹은 날을 되새김질했다는 아빠처럼.

아빠의 기일에 엄마와 나는 의식처럼 짜장면을 먹었다. 그것이 우리가 아빠를 애도하는 방식이었다.

그러나 엄마는 로건을 만났고 한국을 떠났다. 나는 혼자 남았다.

그날은 어김없이 돌아왔다.

눈물 몇 방울에 슬픔을 흘려보내고 소파에서 일어설 때까지도 나는 그 책 《환상의 날》을 옆구리에 여전히 끼고 있었다. 휘청거리며 걸어 원래 자리에 책을 가져다 놓으려는 찰나, 마음이 바뀌었다. 기왕 서점을 방문한 김에 책 한 권 사가는 것도 괜찮겠지. 흥미가 동하기는 했으니까.

계산대로 발길을 돌려 줄을 선 사람들 뒤에 합류했다. 핸드백이 워낙에 자그마해 판형이 크지도 않은 종이책이 온전히 들어가지 않았다. 나는 소설책이 비스듬하게 꽂힌 백을 고쳐 메고 회전문을 빠져나왔다.

계단을 걸으며 하늘을 올려다보았다. 먹구름이 껴 있었다. 해 질 녘이 가까워서인지 기온이 몰라보게 떨어져 있었다. 바람이 거셌다. 오늘 일기예보가 어땠더라. 목을 움츠리며 흘러내려와 있던 목도리를 여몄다. 약속 시간 15분 전. 더는 미적거릴 여유가 없었다.

그러다 문자 메시지가 수신돼 있음을 확인했다.

「나 먼저 와 있는데. 어디야? 지하철에서 내렸어?」

윤호였다. 아차, 역에 도착하자마자 메시지를 보내 달라고 했는데. 잊고 있었잖아. 시린 손에 입김을 불어 넣으며 서둘러 답 메시지를 작성했다.

「미안. 메시지 보내는 걸 깜빡했네. 가고 있어. 5분 내로 도착할 것 같아.」

나는 빠르게 걸었고 내 마음은 그보다 더 빠르게 걸었다. 골목 양옆 카페며 레스토랑 건물에는 작년 연말에 걸었을 색 전구들이 매달려 있었다. 이차선 도로를 건너 알레그리아로 다가갈 때 유리창에 블라인드가 내려져 있는 것을 발견하고 의아해했다. 이 시간에 블라인드를 쳐놓은 이유가 뭐지? 행사라도 예정돼 있는 건가.

호기심을 느끼며 문손잡이를 미는 즉시, 박수갈채와 함께 느닷없는 함성이 터져 나왔다.

"와, 주인공이 등장하셨다!"

카페 안 집기들의 위치가 이진과 달라져 있었다. 테이블은 벽 쪽으로 치워져 있고 카운터 앞에는 키보드며 드럼 같은 악기와 여타 장비들이 배치돼 있었다. 그 물건들의 주인으로 짐작되는 젊은이들은 각기 다른 옷차림을 하고 있었지만 모두 스팽글로 장식된 보타이를 맸다는 공통점이 있었다.

출입문 근처에서 한 무리의 남자들이 나를 동시에 바라보았다.

"아, 저기, 죄송합니다."

무심결에 밖으로 뛰쳐나가려던 나를 붙들어 누군가 안으로 들였다. 어리둥절해 어쩔 줄 모르는 와중에도 간신히 상대를 알아보았다. 윤호의 친구였다. 고등학교 동창. 그러나 워낙에 경황이 없어서인지 그의 이름이 기억나지 않았다.

"찬재 씨, 아니 찬서 씨였나. 지금 무슨 일이 벌어지고 있는 거예요? 윤호는요? 윤호는 어디에 있어요?"

나는 출입문 옆 유칼립투스 화분 뒤에 몸을 숨기려 애쓰며 물었다. 찬재인지 찬서인지 모를 남자가 쉿, 소리를 내더니 전방을 가리켰다.

"민영 씨, 진정하시고요. 일단 들어오세요."

5인조 밴드가 즉각적으로 연주를 시작했고 남자들이 합창했다. 연습이 부족해서인지 뒤죽박죽 음정이 안 맞는 그 노래를 한참 동안 들은 뒤에야 나는 그것이 사랑 고백, 나아가 결혼 요청과 관련된 곡임을 확신할 수 있었다.

아, 안 돼. 이건 아니지. 사람들의 시선을 한눈에 받으며 나는 호흡 곤란 증상마저 느꼈다. 그러다 알레그리아의 사장이자 윤호의 대학 선배라는 사람과 눈이 마주치고 마지못해 씩 웃고 말았다. 화답이라도 하듯 그가 손에 쥔 잔을 치켜들며 미소 지었다. 그 표정이 의미하는 바는 분명했다. 앞으로 벌어질 일들에 대한 기대.

그렇구나. 이 사람들 진짜로 나를 기다리고 있었어. 나 몰래 이 일을 계획하고 있었던 거야. 그 사실을 깨닫고 나니 도망치고 싶어졌다. 사라지고 싶었다. 여기가 아니면 어디라도 좋았다.

적어도 나를 숨 막혀 죽게 만들 의도는 없었는지 합창은 잠시 후 일단락됐다. 그러는 동안에도 밴드 연주는 이어졌다. 남자들이 길이라도 터주는 것처럼 옆걸음으로 슬금슬금 물러났다.

그 가운데 윤호가 서 있는 것을 목격하고 나는 다시금 코트 소매를 물어뜯었다. 머리가 어지럽고 속이 메슥거렸다.

윤호는 평소답지 않게 상당히 멋을 부린 상태였다. 셔츠는 희었고 청바지는 빳빳했으며 구두는 반질거렸다. 그의 몸동작에서 목적의식이 분명한 과시가 느껴졌다. 그러나 한편으로 윤호도 긴장하고 있기는 마찬가지인지 귀 끝까지 빨갛게 달아올라 있었다.

윤호가 앞으로 걸어 나와 무릎을 꿇었다. 그리곤 내 오른손을 잡으며 말했다.

"민영아, 너랑 나 지금까지 4년 넘게 사귀었지? 고마워, 내 곁을 지켜줘서. 우리 앞으로도 지금처럼 서로를 아끼면서 살자. 민영아, 결혼해줘. 네가 늙어가는 모습을 지켜보고 싶어. 허락해줘. 응? 우리 이제 그만 결혼하자."

눈앞이 빙글빙글 돌고 귀에서 쳇소리가 났다. 윤호가 반지를 끼워주려고 했다. 하지만 사이즈가 작은 탓인지 손가락에 제대로 들어가지 않았다.

나는 윤호의 손을 뿌리치며 소리쳤다.

"싫어!"

그 한마디를 내뱉은 뒤에야 비로소 정상적인 호흡을 할 수 있었다. 키보드 연주자가 기겁하다 못해 연이어 틀린 건반을 누르는 실수를 저질렀다. 윤호는 뭐가 뭔지 모르겠다는 얼굴로 한쪽 무릎을 바닥에 댄 채로 나를 멍하니 올려다보고 있었다. 나는 홱 고개를 돌리고 출입문 쪽으로 냅다 내달렸다.

거리로 나와 찬바람을 들이마시자 열이 식으면서 심장이 원래대로 박동하는 느낌이었다. 주먹을 쥐고 내처 서너 걸음을 떼기 무섭게 어떤 형상이 길을 가로막았다. 윤호였다. 부리나케 나온 까닭인지 그는 외투도 입지 않고 있었다.

"민영아, 잠깐만."

윤호의 낯이 핏기라곤 없이 해쓱했다. 그래, 그렇겠지. 너도 이 상황이 무척 당황스럽겠지. 나는 할 말이 있으면 해보라는 식으로 허리에 손을 얹었다.

윤호가 하얗게 질린 입술을 달싹였다.

"뭔가 오해가 있는 모양인데 내 얘기를 먼저 들어줬으면 좋겠다."

그러나 변명 비슷한 그 말을 듣자마자 울분이 치밀어 올라 나는 다시 한 번 소리치고 말았다.

"오해는 무슨! 말했잖아, 몇 번이나! 나는 결혼하고 싶지 않다고! 지금 이대로가 좋다고!"

윤호가 가뜩이나 부리부리한 눈을 치켜뜨며 맞받아쳤다.

"아무리 그래도 그렇지, '싫어'라니! 사람들이 저렇게 많이 모인 데서! 애도 아니고! 하, 나는 네가 프러포즈를 제대로 못 받아서 미적거린다고 생각했지. 이럴 줄 알았으면 저런 이벤트 따위 생각도 안 했다고."

윤호가 붉게 물든 눈가를 일그러뜨리더니 돌연 말투를 바꾸었다.

"어머니가 미국으로 떠나고 내내 힘들어했잖아. 네가 우울해하는 모습 보고 싶지 않아. 더는 혼자 내버려두고 싶지도 않고. 부담 갖지 않아도 돼. 신경 쓸 일 없을 거야. 어차피 이사도 해야 하고. 우리 같이 살자. 내가 도와줄게. 응? 행복하게 해줄게."

윤호가 내 손을 붙잡았다. 그의 손안에서 작고 단단한 것이 만져졌다. 반지였다. 나는 거칠게 윤호를 밀쳐냈다.

"말로 하는 약속 같은 건 내게 전혀 중요하지 않아. 내가 원하는 건 그런 게 아니라고. 윤호야, 너는 오늘이 무슨 날인지 정말 모르는 거니?"

"오늘이 무슨 날인데?"

윤호가 분이 가시지 않는다는 듯 툴툴거렸다. 나는 한숨을 섞어 대답했다.

"……우리 아빠 기일이잖아."

"야, 그건."

아랫입술을 세게 한 번 깨물었다 놓은 윤호가 머쓱하게 덧붙였다.

"미안, 그걸 잊고 있었다니. 변명의 여지가 없다. 내가 경솔했어."

"그래, 7년이나 지났으니까. 그건 그렇게 큰 문제가 아닐지 모르지."

고개를 들어 윤호를 똑바로 응시했다.

"윤호야, 우리 4년 넘게 만났지? 4년이 그렇게 짧은 시간
은 아닐 거야, 그렇지? 나는 그동안 네게 수없이 말하고 또 말
했어. 언젠가 내 삶에 누군가를 들일지도 모른다고. 그렇지만
그게 반드시 결혼이라는 형식은 아닐 수 있다고. 나는 결혼할
생각이 없다고. 윤호야, 나는 너를 좋아해, 충분히 많이. 그런
데 너는 내게 남자친구야. 가족은 아냐. 가족일 수 없어. 아직
까지는."

윤호의 눈동자가 흔들렸다. 그를 지켜보는 내 마음도 흔들
렸다.

"나는 말이야, 내 행복은 내 일이고 스스로 해결해야 하는
몫이라고 생각해. 누구도 나를 나 대신 행복하게 해줄 수는
없어."

그 순간 윤호의 얼굴에 스며있던 감정은 공포였다. 자신이
거절당했다는 사실을 깨달았을 때의 암담함.

"이만 갈게. 오늘은 이런 대화를 나누기 적당한 날이 아닌
것 같다. 네 친구들 앞에서 대뜸 소리친 건 미안. 그럼."

윤호를 내버려두고 돌아섰다. 뛰다시피 지하보도를 통과해
대로변을 걸었다. 도로를 건너고 공원을 가로질렀다. 그러다
막다른 골목에 이르렀다는 걸 알아차리고 허둥지둥 뒷걸음질

했다. 코트 주머니 속에서 휴대전화가 웅웅거렸지만 모른 척했다.

나는 윤호와의 갈등을 마주할 자신이 없었다. 도망치고 싶었다. 못 본 체하고 싶었다. 적어도 오늘은, 불가능했다.

윤호와 처음 만난 계절은 봄이었다.

그래서인지 윤호를 생각할 때마다 나는 연하고 부드러운 햇살과 벚꽃, 피크닉 매트와 쿠키, 미지근하게 식은 탄산음료 따위를 함께 연상하곤 했다. 그 시절 우리는 강변 공원을 찾은 약속의 장소로 삼았다. 피크닉 매트를 깔아놓고 앉아 쿠키를 와그작거리고 음료수를 홀짝였다.

윤호는 내게 봄이었다. 새로 돋은 잎과 쿠키, 차갑지 않은 탄산음료 같은 사람이었다. 윤호는 대개 상냥했고 드물게 담담했으며 화를 내는 일은 거의 없었다. 그러나 우리는 사계절 속에서 살았다. 나는 윤호와 더불어 나는 겨울을 상상할 수 없었다.

어떤 사랑은 시련을 견딜 용구를 요구했다. 겨울은 길었다.

반면 봄은 인내랄 것을 필요로 하지 않았다. 햇살을 즐기며 늘어져라 낮잠을 자거나 기지개를 켜고 구겨진 옷을 툭툭 털고 일어나 산책이나 하면 그만이었다.

내게 봄이란 그런 계절이었다.

핸드백에서 티슈를 끄집어내 팽 코를 풀었다. 그러는 김에 눈가에 고인 눈물도 닦았다. 주머니 속에 손을 찌르고 티슈를 그러쥔 채로 주위를 의식하지 않고 걸었다. 데이트 중임이 틀림없어 보이는 사람들 옆을 스쳐 지났다. 행복한 그 무리들 속에서 미운 오리 새끼처럼 혼자 꿋꿋이 나아갔다. 정처 없이 아무 데로 막 걸었다.

발끝이 시렸다. 입김은 따스했다.

황혼이 내리고 있었다. 가로등이 드문드문하게 지키고 선 골목은 어슴푸레했고 먹구름이 깔린 하늘은 낮았다. 무릎에 힘이 빠지면서 이성이 되돌아왔다. 걸음을 멈추고 자문했다. 여기는 어디지? 나는 지금 뭘 하고 있는 걸까?

재개발에서 비껴난 구도심은 고즈넉했다. 집들은 대개 단층의 주택들이었고 그 흔한 편의점조차 눈에 띄지 않았다. 대신 집들 사이사이에 점포들이 숨어 있었다. 수예점과 철물점과 분식집이 낡은 간판을 앞세운 채로 수줍게 물러앉아 있었다.

근방의 한 건물에서 유독 밝은 빛이 흘러나왔다. 온기에 이끌리듯 다가가 샛노랗게 반짝이는 유리창 앞에서 멈춰 섰다. 창문 너머 테이블 위에 책들이 반듯하게 정렬돼 있는 것이 보였다. 그러다 유리에 붙여진 포스터에 눈길을 빼앗겼다.

이 그림을 어디선가 본 적이 있는 것 같은데. 좋지 않은 기억력을 탓하며 티슈를 펼쳐 또 한 번 팽 코를 풀 때 옆에서 나지막한 목소리가 들렸다.

"윤마리 작가님 그림이에요. 저도 이 작품 무지 좋아하거든요. 제목이 '입춘대길'이었나. 초현실주의 작품을 주로 그리시는데 작업실도 이 근방인 걸로 알아요."

"아, 네."

감탄사를 흘리며 슬금슬금 물러났다. 누가 물어나 봤대? 그나저나 이 사람은 언제부터 내 옆에 서 있었던 거지?

뿔테안경을 쓴 남자가 기척도 없이 나타나 있었다. 어깨를 덮는 길이의 머리카락을 뒷덜미께에서 느슨하게 묶어놓았는데 유독 검은 머리 색 때문인지 살결이 몹시 희어 보였다. 그런가 하면 재질이 거친 울코트 안에 받쳐 입은 플란넬 셔츠의 깃은 잔뜩 구겨져 있었다.

첫눈에 보기에도 썩 호감이 가는 인상은 아니었다. 내가 맨처음 윤호를 마음에 담게 된 데는 그의 반듯함 때문이 컸다. 반면 이 남자는 어딘지 모르게 어수선해 보였다.

내가 자신을 경계하고 있다는 걸 알아차렸는지 뿔테안경이 유리창에서 시선을 떼며 씩 웃었다.

"작가와의 대화에 오셨죠?"

"작가와의 대화요?"

움직임을 멈추고 그를 곁눈질했다.

"서유영 작가님을 만나러 오신 거잖아요. 책도 가지고 계신 것 같은데. 가방에. 네,《환상의 날》말이에요. 그 책 표지가 윤마리 작가님의 그림이잖아요. 맞아요, 포스터의 그림이요. 좀 이따 여기서《환상의 날》출간 기념 작가와의 대화가 열릴 예정인데. 소식 듣고 오신 거 아니에요?"

턱을 당겨 핸드백 안을 흘끔거렸다. 내가 책을 가지고 있었다고, 가방에?

핸드백 밖으로 비죽하게 솟은 소설책에 눈길을 떨어뜨리는 순간, 알레그리아에 가기 전 서점에 들렀다는 사실이 기억났다. 퍼뜩 머리를 들었다. 흰 페인트칠을 한 벽에 △△책방이라는 간판이 달려 있었다. △△책방이라면, 아차, 여기가 △△동이었지. 그럼 여기가 그 동네서점이라는 건가?

새삼스러운 눈빛으로 건물 이모저모를 뜯어보았다. 벽 위로 기왓장이 가지런하게 드리운 걸 보면 한옥을 개조해 만든 점포처럼 보였다.

세상에, 이런 우연도 다 있네. 나는 뭔가를 설명하려고 입술을 뗐다가 왠지 무척 귀찮아져서 고개만 까딱이고 말았다. 그것이 어떤 결과를 초래할지 모르고.

"그럼 들어가시죠?"

뿔테안경이 눈짓하며 문손잡이를 당겼다. 나는 조명이 어른거리는 문틈을 바라보며 망설였다. 알레그리아를 뛰쳐나온 시점부터 오늘의 일정은 예기치 않게 끝나버린 상태였다. 그렇다고 곧장 집으로 돌아가고 싶은 마음은 들지 않았다. 어떤 자리인지 모르겠지만 작가와의 대화라니 딱히 해될 것 같지 않다는 생각을 한 것도 사실이었다.

무엇보다 추웠다. 몸도 녹일 겸 실내에 잠깐만 앉아 있다 가는 것도 나쁘지 않잖아?

안 들어오고 뭐 하느냐고 재촉하는 것처럼 뿔테안경이 턱짓했다. 나는 얼결에 한 발을 문턱 안으로 내디뎠다. 그러고 나니 모든 것이 쉬워졌다. 들어갈까 말까 고민한 것이 허무하게 느껴질 지경이었다.

라디오를 틀어놓은 모양인지 서가 한편에 설치된 스피커에서 시엠송이 흘러나오고 있었다. 카운터 뒤에 서 있던 젊은 여자 직원이 남자와 눈이 마주치고 알은척을 했다. 그 직원은 빨간 털모자를 쓰고 있었다.

"어서 와요. 간만에 보는 것 같네. 얼굴이 좋아졌는데요?"

"그래요? 딱히 그럴 만한 일은 없었는데. 그동안 잘 지냈어요? 사람들은 좀 왔고요?"

"아뇨, 아직. 원래 그렇게 일찍 다니는 편들은 아니잖아요."

뿔테안경이 카운터에 대고 있던 팔을 떼고 테이블 밑을 살폈다.

"춘하랑 추동이는요?"

"아까부터 둘 다 안 보이던데. 산책 나갔나. 그래도 멀리는 안 갔을 거예요."

그들은 친숙한 사이처럼 안부를 주고받았다. 나는 코르크보드에 핀으로 고정시켜놓은 엽서며 전단지를 구경했다. 뿔테안경이 서가를 빙 둘러 내 쪽으로 다가왔다. 그런 다음 언 손에 입김을 불어 넣는 나를 곁눈질하며 물었다.

"많이 추워요?"

"손이 시리기는 한데 괜찮아요."

"여기에 계속 서 있기도 그렇고. 먼저 들어가 계시죠."

뿔테안경이 따라오라는 듯 고갯짓했다. 카운터 좌측의 벽면으로 다가가 책장을 밀자 그 뒤에서 문이 하나 나왔다. 미닫이인 줄은 몰랐는데. 마술 같잖아. 나는 진심으로 감탄했다.

문손잡이를 돌리자 숨겨진 공간이 드러났다. 맞은편으로 좌우가 긴 창문이 나 있는 방이었다. 그 창 너머는 정원이었다. 벽면은 칠을 하다 만 듯 보였고 군데군데 낙서 같은 글귀들이 적혀 있었다. 그런가 하면 나무 걸상이며 스툴, 안락의자, 3인용 가죽 소파까지 의자들이 중고물품 상점에서 무작위로 받아온 것처럼 제각각이었다.

뿔테안경이 전기난로 옆 안락의자를 가리켰다. 나는 손을 비비며 자리에 앉았다. 뿔테안경이 무릎담요를 가져다주고 전기난로를 켜주었다.

"금방 올게요. 여기서 잠시만 기다리고 있으세요."

"네."

그의 뒷모습을 물끄러미 바라보다 문득 그와 간단한 통성명도 하지 않았다는 사실을 깨달았다. 하긴, 계속 만날 사이도 아니니까.

무릎담요를 두르고 난로를 향해 손을 뻗었다. 방안을 이리저리 탐색하는 와중에 창문 밖 정원에 희끄무레한 형체가 어른거리는 것을 발견하고 고개를 들었다. 다시 보니 그건 털빛이 흰 고양이였다. 바람결에 보드라운 털이 뽀얗게 부풀어 오르며 나풀거렸다. 동그랗게 팽창한 눈동자는 황금색이었다.

더 자세히 관찰하고 싶어 눈을 크게 뜨는 즉시 고양이는 어둠 속으로 녹아내리듯 사라졌다. 멋진 녀석이었는데. 아쉬워라.

찬바람에 시달린 몸이 녹으면서 귓불이 뜨거워졌다. 추위가 가시고 육체가 편안해지자 기다렸다는 듯 머릿속이 복잡해졌다. 나는 왜 이런 곳에 들어와 있는 거지? 윤호에게는 그렇게 매정하게 굴어놓고. 그래도 4년 넘게 사귄 사람인데.

그러다 알레그리아에서 벌어진 사건이 뇌리를 스치는 순간, 만사가 성가셔지면서 될 대로 되라는 생각마저 들었다. 머리를 흔들며 핸드백에서 소설책을 꺼냈다. 그래, 계획한 건 아니지만 일이 이렇게 됐으니 책 내용을 미리 알아두는 분별력 정도는 발휘해도 괜찮겠지.

몇 장을 넘겨 첫 번째 장을 펼쳤다. 네댓 줄을 읽어 내려가자 글씨들이 또렷해지면서 현실의 고민거리들이 희미해졌다.

「졸다가 깬 미아가 하차 벨을 눌렀을 때 차창 밖에는 어둠이 내려 있었다. 벌써부터 형체가 희미해진 승객들이 소리 높여 웃으며 떠들었다.

검은 양복을 입은 기사가 운전대에서 손을 떼고 미아에게 동전 하나를 거슬러주었다. 기사가 튕겨 올린 동전을 미아는 솜씨 좋게 받아 쥐었다.

기사가 미아에게 말했다.

"당신에게 노잣돈이 충분하기를."

기사가 조소 비슷한 표정을 지으며 출입문을 닫았다. 버스의 헤드라이트가 멀어졌다.

미아가 외투 단추를 목 끝까지 잠근 채로 걸음을 뗐다. 달이 뜨지 않은 밤은 어둡고 적막했다. 미아는 덜컥 겁이 났다. 내가 하차한 이곳이 설마 저승은 아니겠지? 내가 살아 있는 게 맞기는 할까?

가로등은 꺼져 있었다. 대문들은 잠겨 있었고 귀가하지 않은 가족을 염려하며 불을 밝히고 있는 집은 없었다. 초조한 눈초리로 주위를 둘러보며 미아는 거듭 자문했다. 내가 가고자 한 곳이 어디였더라. 나는 누구지?

미아는 방향감각을 잃고 번지수도 적혀 있지 않은 길을 헤매었다. 맨바닥에 털썩 주저앉아버리고 싶은 마음을 억누르며 하염없이 지친 다리를 절뚝였다. 그러다 불 꺼진 입간판 위에 걸터앉은 고양이 한 마리를 발견했다. 털빛이 흰 그 고양이는 미아를 응시하면서 입간판에서 뛰어내렸다. 고양이의 눈은 영롱한 황금색이었다.

골목 안으로 몇 발짝을 뗀 고양이가 야옹, 하고 울면서 뒤를 돌아보았다. 마치 따라오라고 재촉하는 것 같았다. 망설이던 미아가 주춤주춤 고양이를 따라 걷기 시작했다.

먼 훗날 미아는 아이와 같은 이불을 덮고 누워 속삭여 줄 것이다. 언젠가 전혀 다른 세상이 네 앞에 길을 열어 보일지도 모른다고, 그런 날이 누구에게나 한 번쯤은 찾아온다고, 그 길은 진짜 길일 수도 있지만 때로는 기회나 가능성, 책장 뒤에 감춰진 문이나 사람, 동물, 예컨대 털빛이 흰 고양이의 형상을 하고 있을 수도 있다고.」

털 뭉치 같은 것이 발목을 간질이는 촉감에 놀라 헉 숨을 들이켰다. 검정고양이가 다리 옆에서 가르랑 소리를 내고 있었다. 이전까지 고양이를 대할 일이 전무했던 나는 어색하게 발을 당기며 몸을 움츠렸다.

그때 밖에서 웃음소리와 함께 시끌벅적한 말소리가 들리고 곧이어 사람들이 한꺼번에 등장했다. 뿔테안경이 인사 비슷하게 손을 들며 바로 옆 걸상에 엉덩이를 던졌다. 호피 무늬 재킷을 걸친 젊은 여자가 나와 고양이를 번갈아 바라보며 말했다.

"춘하가 먼저 알은척을 하다니 자주 있는 일은 아닌데. 그쪽이 꽤나 마음에 드나 봐요."

"아, 네."

예상치 못한 칭찬을 들으며 낯을 붉혔다. 그때 책 앞날개에 적혀 있던 저자 소개의 한 문구가 머릿속에 떠올랐다. '춘하와 추동의 집사.' 그랬구나, 이 고양이가 춘하였어. 그럼 아까 그 흰 고양이가 추동일까. 내가 상체를 숙이고 조심스럽게 손을 내밀자 춘하가 낯선 냄새를 익히려는 것처럼 코를 킁킁거렸다.

참석자들은 저마다 편한 자리를 차지하고 앉았다. 이 서점의 직원으로 짐작되는 빨간 털모자와 중절모를 쓴 노인, 꽃무늬 점퍼를 입은 중년의 여자, 고등학생쯤으로 보이는 앳된 얼굴의 여학생 등 모인 사람들의 면면이 공통점이라곤 없이 제각각이었다.

"저기, 아홉 번째 장이 특히 좋지 않았어요? 소제목이 뭐였더라, '나는 왜 여기에'였던가."

호피 무늬 재킷이 묻자 빨간 털모자가 대답했다.

"맞아요, 기억나요. 주인공이 길잡이와 헤어져 미로를 헤매는 부분이었죠?"

240

개중 일부가 감상을 밝혔고 몇몇이 번갈아 의견을 보탰다. 여학생이 코트 단추를 만지작거리며 중얼거렸다.

"저는 읽으면 읽을수록 이 이야기의 배경이 △△동 같다는 생각이 들더라고요. 집들과 골목에 대한 묘사도 그렇고. 현실과 환상의 틈새를 걷는다는 설정도 그렇고."

꽃무늬 점퍼가 불쑥 한마디를 보탰다.

"그렇지요, 여기서는 그런 일이 비교적 흔하니까."

중절모를 벗어 쥐고 있던 노인이 솔깃해하며 반문했다.

"뭐가 흔하다고요?"

"둔한 사람은 절대 모를걸요."

"아니, 이 사람이 정말."

중절모가 발끈하는 시늉을 하자 참석자들이 배꼽을 잡고 웃어댔다. 나는 소설책에 얹은 손가락을 꼼질거리며 괜한 죄책감에 시달렸다. 최소한 첫 번째 장까지는 읽었어야 했는데. 무슨 얘기를 하는지 알아들을 수가 없잖아. 그나저나 이 사람들은 다들 친분이 있는 건가.

내 생각을 훔쳐 읽기라도 한 것처럼 뿔테안경이 내 쪽으로 고개를 기울이고 속삭이다시피 말했다.

"여기 모인 사람들 모두 이 동네에서 살거나 일하고 있어요. △△동이 맺어준 인연이라고 해야 하나. 가끔 모여서 식사도 같이하고 공구나 사다리 같은 것들을 빌려주기도 하고요. 집

수리하는 데 손도 보태고 책도 바꿔 읽어요. 신기하죠? 나이도 성격도 전혀 다른데. 작가님도 곧 오실 거고 처음이라 어색하겠지만 너무 불편하게 여기지는 말아 주세요."

다음 순간 참석자들이 웅성거림을 멈추고 일제히 자세를 고쳤다. 누군가 방안으로 들어오고 있었다. 나는 한눈에 그를 알아보았다.

《환상의 날》의 작가 서유영은 사진으로 확인한 것보다 훨씬 훤칠한 사람이었다. 키는 컸고 얼굴은 갸름했다. 말간 낯이 몹시 젊어 보이는가 하면 한편으로 대단히 노회해 보였다. 나이를 가늠하기 어려운 인상이었다.

"오랜만이에요, 선생님."

"그동안 잘 지내셨어요?"

"책 출간 축하드려요."

다들 그를 반기며 인사말을 던졌다. 나는 얼떨떨하게 입술만 달싹이고 말았지만.

유영이 다갈색 머리카락을 넘기며 미소 짓자 눈가에 주름이 접혔다. 코트 깃 안쪽으로 매듭을 지어 맨 라벤더 색 실크스카프가 보였다.

"안녕하세요, 여러분. 날씨가 추운데 여기까지 와주셔서 감사합니다."

유영이 뚜벅뚜벅 구두 소리를 흘리며 맨 앞에 놓인 스툴에

가 앉았다. 그 음성이 무척 깊고 편안하게 들렸다. 구석의 쿠션 더미 위에 앞다리를 모은 채로 엎드려 있던 춘하가 곧장 그에 게 다가갔다.

유영이 춘하를 들어 허벅지께에 앉혔다. 고양이는 그의 손 길을 받으며 행복하게 가르랑거렸다.

"둘러보니 안면이 있는 분들이 대부분인 것 같지만 처음 뵙 는 분도 계시고요. 반갑습니다. 여기 오신 분들이라면 제가 누 구인지 대강 짐작하고 계실 테지만 그래도 자기소개를 생략할 수는 없겠죠."

유영이 웃음기 어린 눈초리로 내 쪽을 응시했다. 그런 다음 춘하의 엉덩이를 두드려주며 앞을 똑바로 바라보았다. 검정고 양이가 만족스러운 듯 눈을 가늘게 뜨고 가르랑거렸다.

"제 이름은 서유영입니다. 환상소설을 쓰고 있고요. 아시다 시피 얼마 전 《환상의 날》이라는 장편소설을 발표했어요. 이야 기를 만드는 건 즐거우면서도 괴로운 일인 것 같아요. 제가 잘 할 수 있는 것과 아무리 노력해도 해낼 수 없는 것이 무엇인지 확인하는 시간이기도 하고요."

센바람이 창문을 흔들었다. 그러나 이 안은 따스했고 몹시 아늑했다.

유영은 언변이 좋은 사람이었다. 작가와의 대화는 청중들이 인지할 새도 없이 시작돼 사회자의 주재 없이도 이 주제 저 주제로 뜀뛰면서 매끄럽게 이어졌다. 사람들은 책상다리를 하거나 팔걸이에 팔꿈치를 대고 턱을 괸 채로 자연스럽게 그를 주목했다.

유영은 이번 장편을 집필하며 겪은 어려움들을 우스갯소리를 섞어 토로했고 청중들은 소리 죽여 키득거리는 것으로 이에 호응했다.

"그럼에도 누구에게나 특별한 기억은 있어야 해요. 운동화를 신은 채로 막무가내로 뛰어들었던 바다라든지, 외딴 공원의 벤치와 밤하늘, 사탕을 잇새에 넣고 깨물 때 와득 하는 소리라든지, 그 때문에 빠졌던 젖니, 얼음을 넣은 탄산음료, 진열장에 마지막으로 남아 있던 케이크의 맛이라든지, 온 힘을 다해 차올린 축구공 같은 것들 말이에요."

유영이 참석자 한 명 한 명과 시선을 맞추었다.

"그런 기억들이야말로 우리가 일상을 지탱할 수 있도록 도와줄 수 있어요. 우리라는 존재를 이루는 아주 작은 퍼즐조각들이지요. 주머니 속 거스름돈이고요. 서랍 깊숙이 넣어둔 발권한 기차 티켓이기도 할 거예요. 이 책의 주인공에게는 그날 하루가 그래요. 저는 거기에 환상의 날이라는 이름을 붙여 주었어요. 이번 소설은 바로 그런 날에 대한 이야기입니다."

나는 두 손을 포개고 그가 뱉은 말들의 여운을 음미했다.

내가 떠올린 건 어느 날의 식탁이었다.

두 남녀가 멋쩍게 마주 앉아 있는 가운데 그 앞에는 식초를 끼얹은 단무지와 손때 묻은 고춧가루통, 플라스틱 젓가락과 물 잔, 모락모락 김이 피어오르는 짜장면 두 그릇이 놓여 있었을 것이다. 돼지고기와 양파, 양배추 따위를 썰어 춘장과 함께 볶은 소스에서는 먹음직한 냄새가 풍겼을 것이고 면발은 쫄깃했을 것이며 개중 하나는 필시 곱빼기였을 것이다.

나는 의문했다. 아빠가 처음부터 짜장면을 즐겨 먹은 건 아니지 않을까. 그날의 기억으로 말미암아 자신이 짜장면을 좋아한다고 착각하게 됐을 가능성은 없을까.

왜 짬뽕이 아니고 짜장면이었을까. 중화냉면과 잡채밥, 탕수육과 양장피도 있는데. 훨씬 비싼 음식이 많은데. 귀한 재료로 만드는 요리도 수두룩한데.

왜 하필 짜장면이었을까. 그 흔한 면 요리였을까.

"그러므로 단 한순간이 때론 영원과 같은 의미일 것이라고 저는 믿고 싶습니다. 여러분 모두 좋은 저녁 보내시기를 바랍니다."

그 말을 끝으로 유영이 스툴에서 일어나 허리를 굽혔다. 검정고양이가 그의 품에서 벗어나 바닥으로 폴짝 뛰어내렸다. 사람들이 박수를 쳤다. 그 소리가 그치기를 기다린 뿔테안경이 뒤를 돌아보았다.

"혹시 질문하고 싶으신 분 계신가요?"

몇몇이 팔을 들어 발언권을 얻었다. 유영은 성심껏 답변했다.

"작가님 시간 내주셔서 감사합니다."

뿔테안경이 참석자들을 대표해 유영에게 인사했다. 사람들이 책을 들고 우르르 달려 나왔다. 사인을 받으려는 모양이었다. 나는 의자에 엉덩이를 붙이고 앉아 책 표지만 만지작거렸다.

행사가 마무리됐음에도 참석자들은 좀처럼 자리를 뜰 생각이 없어 보였다. 만년필을 블라우스 앞주머니에 꽂은 유영이 좌중을 의식한 것이 분명한 몸동작으로 스툴을 밀고 일어서며 제안했다.

"그럼 다 같이 나가서 음료수나 한잔 마실까요?"

그러자 호피 무늬 재킷이 배낭을 걸머메며 냉큼 맞받아쳤다.

"좋아요! 저는 생맥주요. 생맥주 시켜주세요."

"저번에 갔던 치킨집은 어떠세요? 그 집 감자튀김이 맛있던데."

꽃무늬 점퍼가 의견을 내자 빨간 털모자가 물었다.

"거기 사장님이랑 친하시죠? 얼마 전에도 거기서 먹태를 드시고 계신 걸 본 것 같은데."

"그걸 언제 봤대? 역시 눈썰미가 보통이 아니라니까."

나는 그제야 내가 이른 점심을 먹은 이후로 아무것도 입에 대지 않았다는 사실을 떠올렸다. 배가 고팠다. 심각하게.

뿔테안경이 마지막으로 안을 확인하고 조명을 끈 다음 서가를 밀어 문을 가려놓았다. 호피 무늬 재킷이 제일 먼저 유리문을 밀고 밖으로 나갔다.

"어라, 눈이 오네?"

여학생이 폴짝폴짝 뜀박질했다. 그럴 때마다 더플코트에 달린 모자가 함께 들썩였다.

"눈이에요, 눈이 내려요!"

빨간 털모자가 창틀에 쌓인 약간의 눈을 모아 뿔테안경에게 던졌다. 나는 스리슬쩍 백스텝을 밟아 비산하는 눈가루를 피했다. 머릿속으로는 언제 어떤 방식으로 자취를 감추어야 작별 인사를 나누는 번거로움 없이 저 무리와 헤어질 수 있을지 고심했다.

뿔테안경은 그러는 동안에도 내 움직임을 예의 주시하는 낌새였다. 나는 그의 눈치를 살피며 걷는 속도를 늦추었다. 허기 때문인지 심기가 매우 불편했다.

인상을 구긴 채로 발걸음을 옮길 때 옆에서 낮고 차분한 말소리가 들렸다.

"오늘 처음 뵙는 분 같은데, 맞죠?"

서유영 작가였다. 딴생각에 잠겨 어영부영하다 그와 나란히 걷고 있었던 모양이었다. 나는 예의를 차리려 애쓰며 겸연쩍은 미소를 지었다.

"네, 맞아요."

"△△동에는 처음 오신 거예요?"

"아뇨, 그건 아니에요."

"저는 이 동네에 애착이 많아요. 어떤 사람들은 구도심에 살면 불편하지 않느냐고 묻기도 하는데 그건 이곳을 잘 몰라서 하는 얘기일 거예요."

유영이 밀담이라도 나누는 것처럼 작게 덧붙였다.

"여기서는 말이에요, 매일 산책을 나가도 전혀 모르는 길을 발견하게 돼요. 마치, 길이 저절로 모습을 바꾸기라도 하는 것처럼요. 거짓말같이 들리겠지만 진짜예요. 신기하지 않아요?"

"아, 네."

작가라서 그런가, 저런 소리를 아무렇지 않게 하다니. 나는 싱겁게 웃었다. 결국 오늘 짜장면은 못 먹을 것 같네. 슬픔인지 무력감인지 모를 감정이 치받아 올라 흐린 눈으로 정면을 쏘아보았다.

어디선가 시끄러운 소리가 난다 했는데 앞서가던 사람들이 어디에서 뭘 먹느냐를 두고 격론을 벌이고 있었다. 꽃무늬 점

248

퍼가 치킨집을 고집하는 가운데 중절모가 가맥집을 주장하고 나선 듯했다.

그때 유영이 별안간 걸음을 멈추었다. 나도 얼결에 같이 섰다.

"예기치 못한 일에 휘말린다고 해도 검먹지 마세요. 계절이 바뀔 때는 종종 보지 말아야 할 것들을 목격하기도 하니까. 현실과 환상의 틈새는 그럴 때 생기거든요. 그래도 괜찮을 거예요. 목적지를 잊지 않는다면, 길을 찾을 수 있을 거예요."

"네? 그게 무슨."

내가 뭔가를 더 물으려고 할 때 빨간 털모자가 나타나 유영의 팔을 붙들었다.

"선생님! 아무래도 선생님이 와 주셔야 할 것 같아요. 뒤풀이 장소를 놓고 이렇게까지 다툴 일인가."

유영이 못 이기듯 털모자에게 끌려갔다. 나는 입술을 깨물고 유영의 뒤통수를 바라보았다. 코트에 앉은 눈을 털면서 뿔테안경이 내 쪽으로 걸어왔다.

"무슨 말씀 나누신 거예요? 분위기가 심각해 보이던데."

"글쎄, 그게, 저도 잘 모르겠어서."

내가 무심코 한 발을 내딛으려는 찰나, 뿔테안경이 팔을 뻗어 앞을 막았다.

"잠깐만, 신호가 바뀌었어요."

고개를 들어보니 신호등에 정지 신호가 들어와 있었다. 나머지 일원들은 우리 둘이 횡단보도 이편에 뒤처져 있다는 것도 알지 못하는 눈치였다. 자기들끼리 수다를 떨면서 신나게 걷고 있었다. 뿔테안경이 어어, 소리를 내며 손을 흔들었지만 아무도 눈길을 주지 않았다.

눈발이 거세어졌다. 발을 굴러 운동화 앞코에 묻은 눈송이를 떨어뜨렸다. 어쩔 수 없다는 듯 어깨를 으쓱거린 뿔테안경이 셔츠 소매를 당겨 안경알을 닦으며 물었다.

"입춘이 지난 지가 언젠데 눈이라니. 이런 날씨는 처음이네. 춥죠?"

나는 코트를 여미며 도리질했다. 그가 손짓했다.

"초록불이 켜졌어요. 어서 건너요."

눈보라가 휘몰아치는 가운데 그를 따라 달음질했다. 우리는 옷깃을 세워 목덜미를 감춘 채로 휘청거리며 앞으로 나아갔다.

눈바람과 싸우며 힘겹게 사거리에 당도했을 때 도로는 텅 비어 있었다. 자동차는커녕 사람 하나 지나다니지 않았다. 기이한 광채를 흘리는 눈 위에 찍힌 것이라곤 그와 내 발자국뿐이었다.

신호등이 붉은 등을 깜빡였다. 뿔테안경이 주위를 두리번거렸다. 그의 코끝이 얼어 있었다.

"다들 어디로 간 거지?"

그가 바지 뒷주머니에서 휴대전화를 찾아 들었다.

"이건 또 뭐야, 신호가 안 잡히는데. 저기, 괜찮으면 그쪽도 전화기 한번 확인해보실래요?"

곱은 손을 놀려 휴대전화를 꺼냈다. 이것저것 눌러보다 전원을 껐다 켜보기까지 했으나 허사였다. 통화 불능 상태는 해결되지 않았다.

"제 전화도 먹통이에요. 날씨 때문에 그런가. 이게 대체 무슨 일이지."

"으으, 안 되겠다. 눈이라도 피해야지. 우리 같이 여기로 들어가요."

뿔테안경이 나를 이끌어 근처 빌라의 입구에 서도록 했다. 차양이 드리워진 그 아래에는 눈이 거의 들이치지 않았다. 나는 시린 손을 맞비비며 혼잣말했다.

"……배고파."

뿔테안경이 덧붙였다.

"……저도요."

나도 모르게 피식 웃고 말았다. 포물선을 그리며 날아오른 눈송이가 내 손등에 사뿐히 내려앉았다. 후, 날숨을 내쉬자 금세 녹아 물방울로 변해버렸지만.

찬바람이 코트 밑으로 드러난 하반신을 공격했다. 두 팔로 상체를 끌어안고 제자리걸음하며 하얗게 얼룩진 밤하늘을 올려다보았다. 그러다 불쑥 말문을 뗐다.

"있잖아요, 제가 오늘 그 서점에 간 건 순전히 우연이었어요. 서유영 작가님의 책을 산 것부터 전부 다요."

토로하고 싶었다. 호소하고 싶었다. 목 끝까지 차오른 이 감정을 어떻게든 뱉어내고 싶었다. 남자가 신발 밑창으로 바닥을 문지르며 심상하게 중얼거렸다.

"왠지 그럴 것 같았어요. 문 앞에서 들어가자고 권했을 때 표정이 미묘해 보였거든요. 제가 괜한 참견을 해 불편하게 만들었다면 죄송해요."

"아뇨, 전혀요. 실은 여기 오기 전에 남자친구에게 프러포즈를 받았거든요. 커피숍에서 만나기로 했는데 지인들을 죄다 불러 모았더라고요. 그렇게 많은 사람들이 한꺼번에 노래를 불러준 건 처음이라 얼마나 당황했는지."

"어, 축하드려요."

"그런데 오늘이 아빠 기일이기도 해서. 7년 전에 돌아가셨거든요."

"저런, 미안해요."

뿔테안경이 고개를 꺾으며 자책했다. 나는 얼른 손사래를 쳤다.

"아니, 아니, 괜찮아요. 시간이 꽤 지나기도 하고. 아빠가 짜장면을 좋아하셨거든요. 그래서 매년 이 날이면 엄마랑 같이 짜장면을 먹었어요. 그런데 엄마는 여기에 없으세요. 작년에 재혼하면서 미국으로 떠나셨거든요."

"그렇구나."

"처음 만난 사이에 이런 얘길 털어놓다니 저 좀 이상한 사람 같죠? 그렇게 생각해도 어쩔 수 없어요. 오늘은 저한테도 정말 이상한 날이거든요. 짜장면도 못 먹고."

그러자 뿔테안경이 단호한 태도로 머리를 가로젓더니 이렇게 말했다.

"그럼 저랑 같이 먹으러 가요. 근처에 △△짜장이라고 짜장면집이 하나 있거든요. 거기 짜장면 맛있어요. 진짜예요. 이 동네에서 유명한 곳이에요."

안경알 너머 다갈색 눈동자가 쑥스러워 보였다. 나는 어쩐지 같이 부끄러워져 삐딱하게 돌아섰다. 뿔테안경이 배낭을 옆으로 내리고 부스럭거렸다.

"참, 좋은 생각이 났어요."

그가 꺼낸 건 장갑 한 켤레였다. 투박하게 짠 그 털장갑에는 기다란 끈이 달려 있었다.

"아까부터 손이 시려서 난감해하는 것 같던데 이걸 한 짝씩 나눠 끼는 거예요. 봐요, 이 장갑은 끈으로 연결돼 있으니까 이걸 끼고 있으면 중간에 헤어져도 서로를 찾을 수 있을 거예요."

나는 입을 꾹 다문 채로 뺨을 씰룩거렸다. 그도 이 상황이 우습기는 매한가지였는지 나를 똑바로 바라보지 못하고 장난스럽게 투덜거렸다.

"설마, 지금 웃고 있는 거예요? 물건 잘 잃어버리는 사람한테 이만한 게 없다고요. 서랍 속에 짝 안 맞는 장갑이 몇 개인지."

나는 오른 장갑을 선택했고 뿔테안경은 자연히 왼 장갑을 끼는 것으로 결론 났다. 휴대전화는 여전히 통화 불능 상태였다.

시야를 방해할 만큼 빗발치던 눈발이 잦아들었다. 우리는 조심스럽게 인도로 걸어 나왔다.

눈길 위에 그와 내가 남긴 궤적이 의미심장한 무늬를 더했다. 그때 인기척이라도 들었는지 뿔테안경이 귀를 기울이는 시늉을 하며 물었다.

"이게 무슨 소리지? 그쪽은 안 들려요?"

멀리서부터 가로등 불이 하나둘 꺼지고 있었다. 나는 섬뜩한 예감에 몸을 떨며 시선을 들었다.

골목 안쪽에서 거무스름한 형상들이 살아 움직이고 있었다. 벽에 난 균열 속에서 꾸물거리며 기어 나왔고 차양이 드리운 그늘 밖으로 살금살금 걸음을 뗐다. 봄을 맞이해 집집마다 써붙인 입춘첩의 주술에 떠밀려 뒤뜰에 나앉아 있던 것들까지

몸단장을 하고 먼 길을 떠날 채비를 하고 있었다.

마른침을 삼키며 뿔테안경의 손을 찾았다. 그가 내 오른손을 맞잡았다.

눈이 반사시킨 빛을 받으며 그들이 완연히 모습을 드러냈다. 그들은 많았다. 셀 수 없을 정도였다. 커졌다가 작아졌고 큰 보폭으로 덤벙덤벙 뛰는가 하면 데굴데굴 굴러다니기도 했다. 눈 위에 온갖 모양의 발자국들이 어지럽게 찍혔다.

나쁜 꿈처럼 진득하고 그림자처럼 흐느적거리던 그들은 골목골목에 들러붙어 있던 묵은 신들이었다. 인간이 뱉은 욕설과 험담, 일상생활 속의 여러 가지 분쟁, 그로부터 비롯된 적의와 악심에서 탄생해 지난 한 해 동안 무럭무럭 자라며 살을 찌웠다.

겨울은 그들이 이 땅에서 누릴 수 있는 마지막 계절이었다. 해가 바뀌고 입춘마저 지난 이상, 봄볕 속에서 아지랑이로 피어올라 소멸하기 전에 이 눈길을 따라가는 것이 그들에게는 최선이었다.

뿔테안경이 내 손을 놓으며 걸음을 뗐다. 그의 눈동자가 이상한 광채로 번뜩이고 있었다.

"가까이 가서 살펴봐요. 얼른요."

"어, 저기, 안 그러는 편이 좋을 것 같은데요."

나는 뒤돌아 달아나고 싶은 마음을 억누르며 가까스로 대답했다. 그러나 뿔테안경은 막무가내였다.

"궁금하지 않아요? 저들이 어디로 가는지. 나는 한번 따라
가보고 싶은데."

마지못해 뿔테안경에게 끌려갔다.

"잠깐만요. 그러지 말고 좀 기다려 봐요."

비틀거리며 걷다 근처를 어슬렁거리던 그들과 부딪쳤다. 다
리가 반투명한 몸뚱이 속으로 쑥 딸려 들어갔다. 나는 놀라 비
명을 지르며 발을 빼냈다. 따끔하고 찌릿찌릿했다. 두 번 다시
느끼고 싶지 않은 불쾌한 감촉이었다.

그 사이 뿔테안경은 그들 속으로 자취를 감추었다.

"안 돼요, 거기 서라고요!"

더는 그들과 맞닿지 않도록 발 디딜 곳을 찾아 요령껏 뜀박
질하면서 좌우위아래 열심히 둘러보았지만 뿔테안경은 보이
지 않았다. 아직 포기하기는 일러. 두려움을 물리치며 이를 악
물었다. 장갑에 달린 끈을 따라가면 되잖아.

심호흡에 심호흡을 거듭하면서 당긴 끈을 손에 감으며 앞으
로 나아갔다. 가까이서 올려다본 그들 중 몇은 몹시 거대했다.
나는 위에서 내리찍다시피 하는 커다란 발을 피해 재빨리 옆
으로 물러났다. 살얼음을 밟고 미끄러질 뻔했지만 얼른 몸을
추슬렀다. 무슨 조화인지 털실을 짜 만든 끈은 끝도 없이 이어
졌다.

그들의 행렬은 영원히 계속될 듯했다. 무수한 갈래로 나뉘고 합쳐지는 가운데 더 많은 형상들이 골목에서 튀어 나와 이에 합류했다. 나로서는 뜻을 알 수 없는 말소리가 내게 주문을 걸려는 작정인 듯했다. 그 소리에 귀를 기울이지 않으려 애쓰며 나는 장갑 끈이 이끄는 대로 끈질기게 움직였다.

그러다 허공을 올려다보고 무심결에 탄식했다.

"이런, 세상에."

뿔테안경이 거기에 있었다. 몸집을 한껏 부풀린 그들 한 무리가 그 남자를 붙들고 있었다. 긴 팔로 의식을 잃고 축 늘어진 뿔테안경을 휘감아 높이 치켜들고 있었다. 이승을 떠나기 전 마지막 포식을 하려는 것처럼. 금방이라도 목구멍에 처넣고 집어삼킬 듯 입을 크게 벌리고 있었다.

"그만둬요. 그만두라고요."

그들이 동작을 멈추었다. 그런 다음 목덜미에 난 털을 곤두세우며 내 쪽으로 쓱 시선을 돌렸다.

"그 사람을 내려줘요, 지금 당장이요."

그들이 고개를 갸웃거렸다. 나는 서둘러 항변했다.

"그래요. 그 사람과 오늘 처음 만난 사이인 건 사실이에요. 그렇지만 중요한 건 그게 아니잖아요."

그들이 다물었던 입을 벌렸다. 내가 뭐라고 하든 상관하지 않겠다는 듯한 태도였다. 시커먼 침이 뚝뚝 떨어지는 입속으로

환상의 날 **257**

뿔테안경의 머리가 한층 가파르게 기울었다. 가뜩이나 배가 고파 짜증나 있던 나는 성미를 못 이기고 고함을 질렀다.

"내려달라고, 좀! 그 사람이랑 같이 갈 곳이 있단 말이야!"

꽉 쥔 주먹을 흔들며 눈을 부라렸다.

"배고파 죽겠다니까! 나는 오늘 꼭 짜장면을 먹어야겠다고!"

분노를 폭발시킨 내가 상황을 다시 확인할 만큼 이성을 되찾았을 때 뿔테안경은 팔베개를 한 채로 인도 옆에 곱게 누워 있었다. 나는 부랴부랴 그에게 다가갔다.

"이봐요, 괜찮아요? 정신이 들어요?"

"아까 뭔가에 부딪친 것 같은데. 그러다 미끄러져 넘어졌나 봐요."

뿔테안경이 안경을 고쳐 쓰며 주위를 두리번거렸다.

"아, 그런데 여기는."

거리의 광경이 돌변해 있었다. 그들은 사라졌다. 감쪽같이. 환영처럼.

늦은 오후쯤일까. 하늘은 파랬고 바람은 온화했다. 눈은 자취도 찾을 수 없었다. 가로수에는 새잎이 돋았고 길가 화단에는 꽃들이 만개해 있었다. 나는 눈앞을 가로지르며 빙글빙글 솟구쳐 오르는 벚꽃 잎 한 장을 넋을 잃고 바라보았다.

그러다 바로 앞 건물에 걸린 간판을 확인하고 숨이 멎을 뻔했다. 행운반점. 그랬다. 나는 행운반점 앞에 서 있었다. 이미 헐려 없어진 그 거리에 다다라 있었다.

뿔테안경이 내 옆으로 걸어왔다. 털장갑을 벗어 그에게 내밀며 중얼거렸다.

"그래요, 짜장면. 우리 짜장면을 같이 먹기로 했죠?"

두 번 생각할 겨를도 없이 곧장 행운반점의 문을 열었다. 카운터 뒤에 앉아 있던 여자가 부산한 몸놀림으로 우리를 맞이했다.

"어서 오세요. 두 분이세요?"

나는 그의 얼굴을 알아보았다. 마지막으로 이 식당을 찾았을 때 그는 머리가 잿빛으로 센 노인이었다. 그러나 이 순간만큼은 목소리가 괄괄하고 명랑한 중년의 여자였다.

여자가 우리를 카운터 옆자리로 안내했다. 테이블 위에 뜨뜻한 보리차 두 잔이 놓였다. 의자를 당기고 앉아 목도리를 풀면서 뿔테안경에게 물었다.

"뭐 먹을래요?"

뿔테안경이 안경알을 닦으며 메뉴판을 넘겨다보았다.

"저는 역시 짜장면이요. 우리 군만두도 추가할까요?"

"좋죠. 음, 그럼 저는 곱빼기로 부탁드릴게요."

머리를 끄덕인 여자가 메모지에 주문 사항을 휘갈겨 썼다.

"짜장 하나에 곱빼기 하나, 군만두 하나요. 조금만 기다려주세요. 금방 가져다드리겠습니다."

나는 말없이 보리차를 홀짝였다. 물수건에 손을 닦은 뿔테안경이 수저통에서 젓가락을 꺼냈다. 그 모습을 흘끔거리던 나는 그의 인상이 유해 보이는 것이 아래로 처진 눈꼬리 모양 때문이라는 걸 알아챘다.

식사 시간이 아니어서인지 손님이라곤 뿔테안경과 나 둘뿐이었다. 주방에서 식재료를 볶는 소리가 흘러나왔다. 가게 안이 불과 기름 냄새로 가득 차올랐다. 고픈 배를 부여잡고 침을 삼키다 뿔테안경과 눈이 딱 마주쳤다. 우리는 너 나 할 것 없이 폭소를 터뜨리고 말았다.

보리차를 다 마실 즈음 구슬발이 잘그락거리는 소리가 들렸다. 나는 턱밑에 대고 있던 손을 떼며 미간에 주름을 잡았다. 주방 밖으로 걸어 나오는 여자의 모습이 어쩐지 이전과 달라 보였다. 그와 동시에 가게의 천장이 높아졌다. 입구 옆에서 난로가 사라지더니 벽지의 무늬가 재정렬됐다. 문이 커지고 실내가 몰라보게 넓어지는 한편으로 카운터 뒤로 탁 트인 창문 하나가 생겨났다.

떨리는 손을 뻗어 메뉴판을 들었다. 부릅뜬 눈으로 하단에 적힌 상호명을 확인했다. △△짜장. 여기는 더는 행운반점이 아니었다. △△짜장이었다.

앞치마를 멘 젊은 남자 종업원이 짜장면 두 그릇과 군만두를 내려놓고 고개를 까딱였다.

"맛있게 드세요."

나는 김이 피어오르는 짜장면 그릇을 내려다보며 혼잣말했다.

"······현실로 돌아왔어. 환상이 끝난 거야."

뿔테안경이 젓가락의 포장지를 벗기며 물었다.

"네, 뭐라고요?"

"아뇨. 아무것도 아니에요."

동시에 깨달았다. 어떤 봄은 겨울 안에 엄연히 존재해 있다는 것을. 이 계절과 저 계절은 엄밀하게 구분되지 않았다. 다음 봄은 겨울 안에서 이미 맥동하고 있었다. 이 겨울 또한 봄의 숨결 속에 한참 동안 머물러 있을 것과 같이.

현실과 환상은 느슨하게 깍지 낀 한 쌍의 손과 같았다.

창밖으로 시선을 던졌다. 봄바람에 휩쓸려 점점이 흩날리던 꽃잎들이 눈으로 바뀌고 있었다. 목련꽃이 송이째 꺾여 떨어지면서 탐스러운 눈송이로 화해 부서졌다.

일기예보에 없던 눈보라가 휘몰아치는 거리에서 일단의 사람들이 종종걸음 하고 있는 것이 보였다. 빨간 털모자와 호피무늬 재킷, 꽃무늬 점퍼와 중절모, 더플코트가 차례로 가게 앞을 지났다. 그들 속에서 서유영 작가는 짧은 머리를 헝클어뜨린 채로 입가에 희미한 미소를 띠고 있었다.

언젠가 아빠는 내게 말씀하셨다.

"왜 하필 짜장면이냐고? 글쎄, 무슨 이유를 대야 할까. 짜장면은 고소하니까. 또 기름지니까. 먹고 나면 포만감이 드니까."

그런 다음 집게손가락으로 내 코끝을 살짝 건드리며 이렇게 덧붙이셨다.

"게다가 맛있잖아. 민영아, 제일 중요한 건 그거야. 음식이란 누구와 함께 먹느냐에 따라 맛이 전혀 달라지기도 하거든."

인생의 행로는 이따금씩 이해할 수 없는 방식으로 결정됐다. 어떤 사랑은 짜장면 한 그릇으로 맺어지기도 했다. 그런 면에서 짜장면은 절대로 그렇고 그런 면 요리가 아니었다.

뿔테안경이 단무지를 썹었다. 아삭아삭하는 소리가 경쾌했다. 완두콩 한 알을 집어 먹은 나는 고춧가루통을 집어 짜장면에 고춧가루를 두어 번 쳤다. 그러고는 한 손에 하나씩 젓가락을 쥐고 면발을 비비며 고개를 들었다.

"그러고 보니 우리 아직 통성명도 안 했잖아요. 그쪽은 이름이 뭐예요?"

"참 일찍도 물어보시네."

그가 웃으며 대답했다.

"제 이름은요."

나는 짜장 소스가 묻은 면을 입안 가득 넣고 우물거렸다.

그날은 일생에 한두 번 있을까 말까 한 날이었다. 이상한

262

날. 계획한 일들이 하나로 제대로 풀리지 않고 죄다 꼬이기 일쑤인 날. 한때 내게 몹시 소중했던 사람의 기일. 입춘이 지난 어느 날.

환상의 날.

나는 세상에서 두 번째로 맛있는 짜장면을 먹었다.